Silvia Faller

Eine Frau allein auf dem Jakobsweg

Satz & Gestaltung: Verena Kessel

ISBN Taschenbuch	978-3-86476-035-8
ISBN E-Book EPUB	978-3-86476-614-5
ISBN E-Book PDF	978-3-86476-615-2

Seit 1542

Verlag Waldkirch KG
Schützenstraße 18
68259 Mannheim
Telefon 0621-129 15 0
Fax 0621-129 15 99
E-Mail: verlag@waldkirch.de
www.verlag-waldkirch.de

Silvia Faller

Eine Frau allein auf dem Jakobsweg

1000 Kilometer Magie und Abenteuer

Mein Weg über den Camino del Norte, den Camino Lebaniego und den Camino Primitivo nach Santiago de Compostela

Verlag Waldkirch

Danke

Hagen, Samira und Felicia für Eure Liebe und
Euer Verständnis.
Iris, für Deine Freundschaft

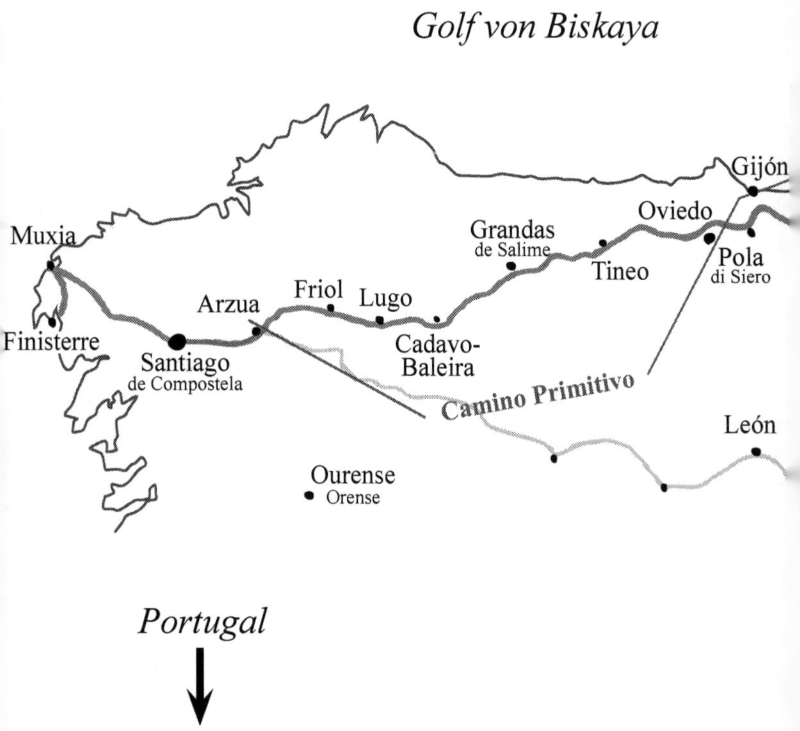
Golf von Biskaya
Gijón
Oviedo
Muxia
Grandas
de Salime
Pola
di Siero
Tineo
Friol
Lugo
Arzua
Finisterre
Cadavo-
Baleira
Santiago
de Compostela
Camino Primitivo
León
Ourense
Orense
Portugal

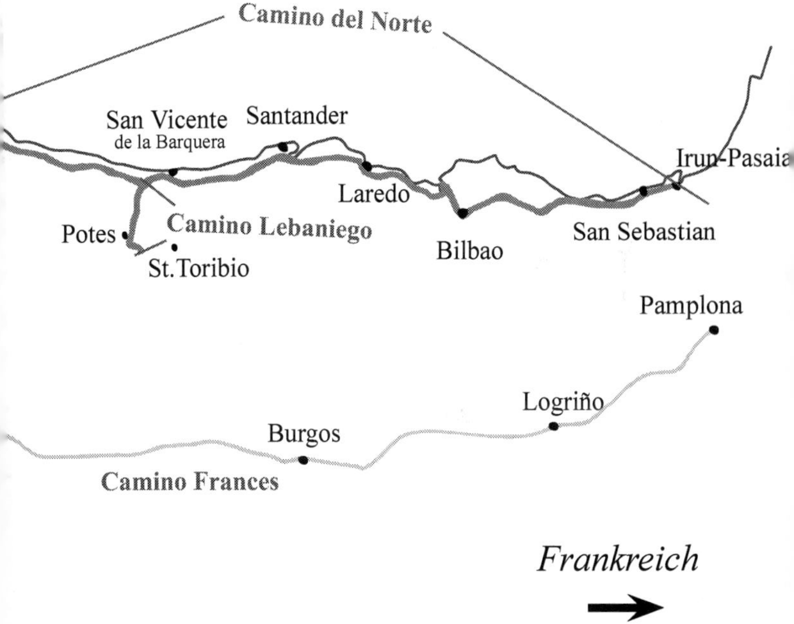
Camino del Norte
San Vicente
de la Barquera
Santander
Irun-Pasaia
Laredo
Camino Lebaniego
Potes
St.Toribio
Bilbao
San Sebastian
Pamplona
Logriño
Burgos
Camino Frances
Frankreich

Inhaltsverzeichnis

Gehe ruhig und gelassen
Durch Lärm und Hast
Und sei des Friedens eingedenk
Den die Stille bergen kann
Stehe, soweit ohne Selbstaufgabe möglich
In freundlicher Beziehung zu allen Menschen
Ob es dir bewusst ist oder nicht
Es besteht kein Zweifel
Das Universum entfaltet sich wie vorgesehen
Strebe behutsam danach
Glücklich zu sein

(Desiderata 1692 Baltimore)

Vorwort

Als ältestes von drei Kindern habe ich schon früh gelernt, Verantwortung zu übernehmen. Dies zieht sich durch mein ganzes Leben. Ob in meinem ursprünglichen Beruf, in meiner Familie oder im Bekanntenkreis – immer gibt es Menschen, um die ich mich kümmere oder die ich betreue. Menschen, die meine Zeit und Aufmerksamkeit beanspruchen, hinter deren Erwartungen ich oft meine eigenen Wünsche – aus Liebe, Zuneigung und Pflichtgefühl – zurückgestellt habe.

Wie verlockend ist da der Gedanke, einmal eine Zeit zu haben, in der ich nur mir selbst gehöre, für niemanden die Verantwortung trage, nur meinen Wünschen folgen kann. Keine Rücksicht nehmen müssen, nicht selbstlos sondern selbstsüchtig sein zu dürfen. Eine Zeit, in der ich ohne schlechtes Gewissen egoistisch, ganz auf mich bezogen sein kann. Herausfinden: Wer bin ich, wenn ich alleine bin? Kann ich mich selbst und die Begegnung mit meinem inneren Ich ertragen? Wie gehe ich mit dem Alleinsein, mit Ängsten um, wenn niemand da ist, der mir den Rücken stärkt? Was kann ich mir zutrauen, wenn ich mich nur noch auf mich verlassen kann?

Heute habe ich einen Beruf, der viel vorausschauende Organisation und Planung erfordert. Es ist nicht immer einfach, die Anforderungen von Familie und Beruf zu vereinbaren. Wie verlockend also auch die Überlegung, die Organisation eines Tages auf wenige grundlegende Bedürfnisse reduzieren zu können.

Eine Pilgerreise bietet die Möglichkeiten, diese Vorstellungen zu verwirklichen.

Vor vielen Jahren hatte ich die Idee dazu. Von Anfang an war es mein Wunsch, diese Zeit überwiegend alleine zu verbringen. Also begann ich, Spanisch zu lernen und mich über die verschiedenen Pilgerwege nach Santiago zu informieren. Ziemlich früh entschied ich mich gegen den „Camino Frances", den bekanntesten spanischen Pilgerweg und offiziellen „Jakobsweg". Zu touristisch erschlossen und überlaufen, insbesondere im Jahr 2010, einem „Heiligen Jahr", in dem wesentlich mehr Pilger unterwegs sein würden.

Ich suchte nicht nur einen Weg, der weniger begangen wurde, sondern auch körperliche Herausforderungen. So entschied ich mich, zunächst den Camino del Norte entlang der Atlantikküste von Irun bis kurz vor Gijón zu gehen, dann ins Hinterland abzuzweigen und über die Berge dem Camino Primitivo zu folgen. Ab Lugo führt dieser dann aber in einer Tagesetappe zum Camino Frances und vereinigt sich mit diesem. Stattdessen wählte ich ab Lugo eine inoffizielle Wegführung zurück zum Camino del Norte, der hier bereits im Landesinneren verlaufend ebenfalls Richtung Camino Frances strebt. So konnte ich die Zeit, die ich auf dieser Pilgerautobahn verbringen sollte, auf zwei Tage verkürzen.

Vom Camino Lebaniego erfuhr ich erst unterwegs. Dieser führt von der Küste ab San Vicente de la Barquera in 2-3 Tagesetappen nach Potes und etwas weiter zum Kloster Santo Toribio de Liebana in die „Picos de Europa", die spanischen Alpen. Auch vom Camino Frances und anderen Ausgangspunkten her, führen spektakuläre, fast unerschlossene Wege durch dieses Gebirge, die aber nur mit entsprechenden Karten und Ausrüstung zu bewältigen sind. Von Potes aus bin ich mit dem Bus zurück an die Küste gefahren und dort auf dem Camino del Norte weitergepilgert. Der Camino Lebaniego gehörte zu den abenteuerlichsten mentalen und körperlichen Herausforderungen auf meiner Pilgerreise. Und hier, am zweiten Tag auf diesem Weg, beginnt meine Erzählung...

CAMINO DE SANTIAGO
SANTO TORIBIO
DE LIÉBANA

Auf dem Camino Lebaniego

Heute hat mir dieser Weg alles an Kraft und Energie abverlangt. Von morgens um 8 Uhr bis abends 19.30 Uhr bin ich mit kurzen Pausen Berge hoch- und hinuntergestiegen, habe Markierungen und Wege gesucht, Herbergen geschlossen vorgefunden und bin erst nach ca. 35 Kilometern erschöpft in Potes angekommen. Auch hier sind Herberge und Pilgerbüro – anders als in meiner Info angegeben – bereits ab 18 Uhr geschlossen und telefonisch ist niemand erreichbar. Auch die Tourist-Info ist schon lange zu. Auf der Suche nach einer Pension laufe ich durch die Gassen. Eigentlich biete ich einen mitleiderregenden Anblick. Schuhe und Hose sind bis zum Knie nass und schlammverkrustet, gezeichnet mit schwarzen Aschespuren bis zum Oberschenkel. Zeugen meiner mühsamen Suche nach einem Pfad, der mich von einem Berg herunterführen sollte.

Lange bin ich auf der Anhöhe über eine abgebrannte Fläche zwischen schwarzverkohlten Büschen umhergeirrt bei dem Versuch, eine Wegmarkierung zu finden. Getrieben von den Regenwolken und dem Nebel, die sich hinter mir über den Gipfel schieben, immer auf der Hut, den schroff abfallenden, hinter Gestrüpp verborgenen Felsüberhängen nicht zu nahe zu kommen. Nein, mit einem Wanderweg in den österreichischen Alpen ist dieser Pilgerweg beileibe nicht zu vergleichen. „A la derecha…a la derecha…" nach rechts sollte ich mich halten laut den Hinweisen eines freundlichen Spaniers im letzten Dorf. Angestrengt suche ich die Umgebung nach möglichen Markierungen ab. Wenn ich nicht bald einen Pfad finde, muss ich womöglich umkehren, zurück ins Dorf und dann die Landstraße nehmen. Doch auf dieser habe ich mir gestern schon an einem langen, sonnig-heißen Tag mit qualmenden Socken neue Blasen gelaufen. Teilweise breit ausgebaut, dann wieder in engen Windungen in die karstigen Felsen gesprengt, sind die Straßen jedoch keinesfalls für Wanderer angelegt. Es gibt selbstverständlich keinen Gehweg, oft nicht einmal einen schmalen Seitenstreifen, auf dem ich laufen könnte. Lange Zeit Einsamkeit und Stille, dann brettern Busse oder Lastwagen in atemberaubendem Tempo durch die Kurven und reißen mich aus meinem müden Trott. Die Fahrer erschrecken mindestens genauso wie ich. Hier rechnet niemand mit Fußgängern, und ich schicke Stoßgebete gen Himmel und den Rennfahrern Flüche hinterher.

Deshalb ist meine Freude zunächst groß, dass der Weg heute überwiegend in den Bergen und abseits der Straße verlaufen soll. Nun aber wird durch den drohenden Wetterwechsel der Weg über die Berge bald zu riskant. Ich habe weder Wander- noch Landkarte und in meinem Pilgerführer ist dieser eigene Camino abseits der Hauptroute nicht näher beschrieben. So kann ich mich nur vage an einem kleinen Faltblatt orientieren, das zumindest die Dörfer nennt, an denen ich vorbeikommen soll. Endlich sehe ich ca. 50 Meter entfernt einen Pfosten, der eindeutig nicht zur Landschaft gehört. Der direkte Weg ist durch unpassierbares Gestrüpp versperrt, also wieder den Berg hoch, über die verkohlte Fläche und dann...a la derecha...der Pfosten schmückt sich mit einer gelben Markierung – eigentlich zeigen mir rote Pfeile den Weg – aber der Pfad daneben führt eindeutig und sehr steil nach unten. Nun denn, „Werdet kreativ und sucht euren eigenen Weg…“, lautete der Rat von Ernesto, dem Pilgervater in der Kultherberge von Güemes.

Die Entscheidung erweist sich letztendlich als richtig. Mit anderen habe ich an diesem Tag weniger Glück. Im Tal angekommen stehe ich vor der Wahl, noch ca. 12 Kilometer zu laufen, davon mindestens 3,5 Kilometer entlang einer stark befahrenen, engen und kurvenreichen Landstraße, oder nochmals einen Anstieg in Kauf zu nehmen und nach ca. 7 Kilometern in einem Dorf in einer Privatherberge zu übernachten. Zwischenzeitlich ist es 15 Uhr und es regnet.

Ich wähle die Bergetappe. Zunächst führt mich der sporadisch markierte Weg durch eine enge, bewaldete Schlucht aufwärts. Der feine Nieselregen fängt sich im Laub der Bäume, der Boden ist mit einer mulchigen, viele Jahre alten Blätterschicht bedeckt. Wie durch einen verwunschenen Märchenwald schlängelt sich der halb zugewachsene Pfad an einem Wildbach entlang. Ich fülle meine Wasserflaschen mit dem klaren, kalten Wasser. Hier ist bestimmt seit Ewigkeiten niemand mehr durchgekommen. Trotz des Nieselregens genieße ich diese einsame Natur – bis mir ein Erdrutsch den Weg versperrt. Auf einer halb darunter begrabenen Wandertafel ist noch zu erkennen, dass es hier einen Rundweg über den Bach geben sollte, der ebenfalls ins Dorf führt. Auf meiner Seite ist kein Durchkommen, also wechsle ich über das Wasser und hole mir dabei nasse Füße. Zunächst finde ich tatsächlich einen Pfad, der sich aber kurz darauf in einer sumpfigen Wald- und Wiesenlandschaft verliert. Schmatzend saugen sich meine Schuhe im Schlamm fest, jeder Schritt wird mühsam. Matsch gesellt sich zu dem Wasser in meinen Schuhen. Mein Rucksack verhakt sich in Dornen und Gebüsch. Wie ein Wildschwein breche ich durchs Unterholz. Vorbei sind die romantischen Gefühle, ich bin müde, nass, dreckig und will nur noch zurück auf eine Straße.

Durch Zufall finde ich einen Weg der zwar nicht in meine Richtung aber links hoch zum Waldrand führt. Dort angekommen erreiche ich wirklich eine Landstraße. Rechts führt diese um das Tal herum, auf der gegenüberliegenden Seite sehe ich ein Dorf – mein Etappenziel. Zu meiner Überraschung entdecke ich einen Wegweiser, der nach links 9 Kilometer Richtung Potes zeigt – meinem morgigen Ziel. Einen näherkommenden Autofahrer halte ich energisch an und frage, wie weit es bis zum Dorf ist. Ungefähr einen Kilometer – más o menos… also mindestens zwei, wie die Erfahrung mit spanischen Entfernungs- und Zeitangaben lehrt. Es ist fast 17 Uhr als ich dort ankomme. Das letzte Haus im Dorf ist die Privatherberge – und diese ist geschlossen! Eine Pension oder eine andere Notunterkunft gibt es nicht. Es bleibt keine Alternative, ich muss Richtung Potes zurücklaufen. Ziemlich frustriert futtere ich den letzten Bissen Proviant – die Notreserve ist nun auch weg – bei dem Gedanken an den Weg, der jetzt noch vor mir liegt. Ich werde noch einiges an Kraft benötigen!

Ein Stück durchs Tal zurück bis zum Schild an der Straße, das ich zuvor entdeckt habe, und dann weiter bis Potes. Die letzten Kilometer laufe ich nur noch mechanisch. Meine Blasen haben jeglichen Protest bereits aufgegeben, immer wieder stolpere ich, weil meine müden Muskeln die Füße nicht mehr anheben wollen, ein feiner Schmerz breitet sich von den Knöcheln Richtung Ferse aus. Bei jeder

Häuseransammlung hoffe ich, mein Ziel erreicht zu haben. Aber diese Strecke zieht sich endlos. Nach über 11 Stunden Wanderung fühle ich mich jenseits von Müdigkeit und Schmerz. Mein Rucksack wiegt zwischenzeitlich bestimmt einen Zentner, aber mein Stolz lässt es nicht zu, vorher schon nach einer Pension zu suchen. Ich schaffe das bis zur Herberge, muss nur vor 20 Uhr da sein. Also einfach immer weitergehen.

Ich bin zwar rechtzeitig da, aber die Herberge ist trotzdem geschlossen und kein anderer Pilger weit und breit. Nach einem kritischen Blick auf mein nun nicht sehr vorteilhaftes Erscheinungsbild, erklärt man mir in der ersten Pension, es sei alles belegt! Müde trotte ich weiter durch die kleine Altstadt auf der Suche nach einer preiswerten Unterkunft, als ich eine Frau wiedertreffe, die zuvor schon versucht hat, mir weiterzuhelfen. Sie spricht mich an und nimmt mich mit zu sich nach Hause, wo ihre Mutter ein einfaches Zimmer vermietet.

Neben dem Bett steht ein altertümlicher Nachttopf, aber ich kann stattdessen das Familienbad benutzen. Aus der Badewanne wird zunächst erst einmal der Putzeimer geräumt damit ich duschen kann. Dieser scheint allerdings auch nicht allzu oft benutzt zu werden. Doch das ist mir inzwischen gleichgültig. Die Frauen sind beide sehr nett, können gar nicht glauben, dass ich so weit gelaufen bin. Meine Füße sind schlimm, einige heftige Blasen, mir tut alles weh, ich bin wie steif und komme kaum noch die Treppen hoch. Aber Einkaufen muss noch sein. Ich habe absolut keine Vorräte mehr. Fünf Minuten vor Ladenschluss stürme ich in den kleinen Supermarkt, beschwöre die Kassiererin um einen Augenblick Geduld und decke mich mit allem „Überlebensnotwendigen“ ein. Statt eines Abendessens trinke ich in einer Bar drei kleine Gläser Wein. Ich bin der einzige Gast und das ist mir ganz recht so. Zu müde, um noch essen zu gehen und keine Lust mehr auf Gesellschaft. In meinem Zimmer setze ich mich aufs Bett und esse Schinken, Obst, getrocknetes Brot und eine ganze Tafel Schokolade. Ich kann lange nicht einschlafen, liege bis nach 2 Uhr in der Nacht noch wach und versuche, meine schmerzenden Beine in eine angenehme Position zu bringen. Es will mir nicht gelingen.

„¿Viaje sola?"

„Gehen Sie alleine?“ Keine andere Frage wird mir so häufig gestellt wie diese in den Wochen, in denen ich alleine pilgere. Meine beste Freundin hat mich die ersten 2,5 Wochen begleitet und ist dann, wie geplant, von Santander aus zurückgeflogen. 270 Kilometer haben wir gemeinsam erlebt und auch erlitten, 730 Kilometer werden bis nach Finisterre, dem „Ende der Welt“, noch vor mir liegen.

„¿Viaje sola?“ Für die Spanier biete ich einen ungewöhnlichen Anblick. Anders als auf dem bekannten französischen Hauptweg, dem Camino Frances, sind auf den weniger bekannten Nebenrouten wie dem Küstenweg oder dem Camino Primitivo selbst in diesem „Heiligen Jahr“ vergleichsweise wenige Pilger unterwegs. Alleinpilgernde Frauen sind insbesondere auf dem „Primitivo“ und dem kaum bekannten „Lebaniego“ absolute Ausnahmen. So reagieren die Menschen auf meinen Anblick entsprechend erstaunt. Die Frauen ungläubig und fassungslos. Habe ich denn keinen Mann, keine Familie, die mich begleiten könnte, und wenn doch, wie kann ich diese allein zurücklassen? Diesen unausgesprochenen Gedanken kann man ihnen an der Nasenspitze ablesen. Es ist für mein Herz und meinen Kopf wichtig, alleine zu pilgern, erkläre ich. „Da haben Sie ja den ganzen Tag niemanden zum Reden!“, entsetzt sich eine ältere Señora. „Ich rede mit den Tieren, den Blumen, den Menschen am Wegesrand und mit Gott.“ Sie nickt zufrieden. Die Männer zollen mir eher ihren Respekt und fragen, wie lange ich schon unterwegs bin, wie weit ich pilgern möchte und woher ich komme. Diese „Gespräche“

am Weg genieße ich sehr. Sie sind oft sehr einseitig, aber meistens entlockt ein in bester „Einheimischenart" kurzes „Buena" oder mein bloßer Anblick als Frau, die mit einem Rucksack allein durch die Gegend rennt, den Spaniern am Wegesrand mehrere Fragen. Da diese sich meistens ähneln, habe ich mir die passenden Antworten in einer schönen kleinen Rede zurechtgelegt. Ich erkläre, dass ich Pilgerin, aus Deutschland und seit Mitte Mai unterwegs von Irun nach Santiago de Compostela bin. In der irrigen Annahme, ich sei des Spanischen wirklich mächtig, würde selbstverständlich auch jeden örtlichen Dialekt verstehen, folgen dann unweigerlich weitere Fragen in oft atemberaubendem Tempo ausgesprochen. Selbst der Hinweis, ich würde nur sehr wenig Spanisch sprechen, bremst die Menschen nicht in ihrer verbalen Anteilnahme. Wenn selbst meine Intuition nicht mehr weiterhilft, stimme ich ihnen begeistert mit „vale, vale" zu und verabschiede mich mit freundlichem „gracias, muchas gracias". Auf den folgenden Kilometern habe ich dann reichlich Zeit, die hängengebliebenen Fragen zu entschlüsseln und mir passende Antworten zurechtzulegen. Nur leider bin ich dann schon weit weg…

Einmal fiel mir aber auch nach vielen Kilometern keine schlagfertige Antwort ein. Ein mindestens 70-Jähriger, mit einer Sense bewehrter Hombre fragte nach dem anfänglichen, schon bekannten Geplänkel, ob ich denn keinen Mann hätte. Auf meine Antwort hin sagte er mir dann mit einem Augenzwinkern, dieser sei doch so weit weg in Deutschland, ich sei hübsch und er auch alleine…Ein amouröser Antrag auf der Landstraße. Wir verabschiedeten uns herzlich lachend voneinander.

Von Blasen und anderen Wehwehchen...

Nein, ich bin keine Heulsuse, kein Jammerlappen und kein Weichei. Es mag ja sein, dass einem echten Pilger ein paar Blasen an den Füßen durchaus zur Zierde gereichen, aber gleich so viele? Die Wanderschuhe sind zwar noch nicht wirklich gut eingelaufen, aber meine Füße beklagen sich auch in eingetragenen Joggingschuhen, wenn ich ihnen eine längere Laufzeit zumute. Das Problem ist folgendes: Ich gehe gern und auch lange – nur meine Füße nicht! Dabei schenke ich ihnen wirklich genug Aufmerksamkeit! Morgens und abends werden sie gecremt und massiert. Ich führe eine üppige Ausstattung an Salben, diverser Spezialpflaster und Tape mit – im Vergleich dazu sind die Pflegeprodukte für den übrigen Körper auf das absolute Minimum begrenzt. Doch meine Füße nehmen mir das Laufen auch noch mit viel zu schwerem Gepäck gleich doppelt übel. Ich habe versucht, nichts Überflüssiges mitzunehmen und auf jegliche Luxusartikel zu verzichten. Aber bereits die gefüllten Wasserflaschen und der Proviant wiegen drei Kilo. Mehr als 15 Kilogramm schleppe ich so über die Steilküste, denn ich bin auch noch mit Zelt, Isomatte und einem dicken, schweren Schlafsack für frostige Nächte ausgerüstet.

Die Vorstellung, in Herbergen mit mir völlig fremden Menschen auf engstem Raum die Nacht zu verbringen, eingehüllt in warme Schwaden verbrauchter Luft und schweißiger Socken, vielfaches Schnarchen, Seufzen und Atmen, verursachte mir schon zuhause schlaflose Nächte. Das Zelt versprach eine gewisse Unabhängigkeit und Sicherheit. Doch durch das hohe Gewicht bekomme ich schon nach wenigen Stunden am ersten Tag zusätzlich Belastungsschmerzen in den Hüftknochen. Vollkommen unterschätzt habe ich die Tatsache, dass das Tragen eines Rucksackes insbesondere in bergigem Gelände die übliche Laufgeschwindigkeit deutlich reduziert. Mehr als drei Kilometer in der Stunde schaffen wir in der Anfangszeit nicht. So sind wir am ersten Tag fast 11 Stunden unterwegs bis wir vollkommen erschöpft in der ersten Herberge eintreffen.

So extrem anstrengend hatte ich mir das nicht vorgestellt! Nach drei Tagen schicke ich Zelt und Isomatte per Post nach Hause und reihe mich mit Ohrstöpseln ausgerüstet in die Reihen der Schnarcher ein. Irgendwie gehört das Übernachten in den Herbergen dann doch zum Pilgerleben. Nur wenn diese überfüllt sind oder es die Umstände erforderlich machen, genieße ich den Luxus einer kleinen Pension.

In den kommenden Wochen werden allergische Hautausschläge zu meinen ständigen Begleitern. Besonders an warmen Tagen vermehren diese sich durch die feuchte, durchgeschwitzte Kleidung unter den Hüftgurten des Rucksackes und den umgeschlagenen Wanderstrümpfen exzellent. Juckende Pickelchen, Zecken und schmerzhafte Kratzer durch dorniges Gebüsch veranlassen mich, nur noch in langen Hosen zu wandern. Ob schmerzhafter Sonnenbrand auf der Kopfhaut und den Ohren oder undefinierbare Stiche und Bisse nach einer Übernachtung in einer schmuddeligen Herberge – die Liste der Wehwehchen ließe sich noch fortsetzen.

Am vierten Tag übernachten wir in Deba in einer Schule. Wir lernen R. kennen, eine Schweizerin, und im Gespräch erwähne ich die Schmerzen in der Hüfte, die mich nach wie vor begleiten. Sie bietet mir ihre Hilfe an. Zurück in der Schule, schiebt sie im Flur zwei Pulte zusammen, besorgt Decken und weist mich an, mich darauf zu legen. Sie zieht, drückt und schiebt meine Beine, Hüften und Füße in verschiedene Positionen, diagnostiziert einen Beckenschiefstand und versucht, mich wieder ins Lot zu bringen. Unter anderem drückt sie mit ihren Fingern in meinem Mund gegen meine Kieferknochen. Ich wundere mich, aber lasse sie gewähren. Sie mahnt mich, in Zukunft beim Sitzen die Beine nicht mehr übereinander zu schlagen – bis dahin meine beliebteste Position. Am nächsten Tag verspüre ich an Körperstellen Muskelkater, der nicht vom Laufen kommen kann. Die Hüftschmerzen sind wie weggeblasen und das Sitzen mit übergeschlagenen Beinen ist mir von da an so unangenehm, dass ich es bis heute bleibenlasse.

Nicht wegblasen lassen sich allerdings die Blasen an den Füßen. So ist es manchmal nicht die körperliche Kondition sondern der Zustand der Füße, der die mögliche Länge einer Tagesetappe bestimmt. Auch nach Wochen der Gewöhnung an die tägliche Belastung bekomme ich bei besonders langen Etappen oder nach langem Gehen auf der Straße in großer Hitze neue schmerzhafte Blasen. Aber mit Körperteilen die mir Schmerzen bereiten, rede ich nicht! Diese werden ignoriert! Tatsächlich ist es so, dass auch Schmerz relativ ist. Je mehr Bedeutung wir ihm zumessen, desto stärker dringt er in unser Bewusstsein. Wenn wir akzeptieren, dass Schmerzen, Erschöpfung und seelische Belastung zum Pilgern gehören, werden sie selbstverständlicher Teil unseres täglichen Erlebens. Sie gehören dazu, so wie der

Stolz, die Schmerzen überwunden und der Erschöpfung getrotzt zu haben. Die Grenzen unserer körperlichen Belastungsfähigkeit liegen weit jenseits des Punktes an dem wir uns müde fühlen oder keine Lust mehr haben.

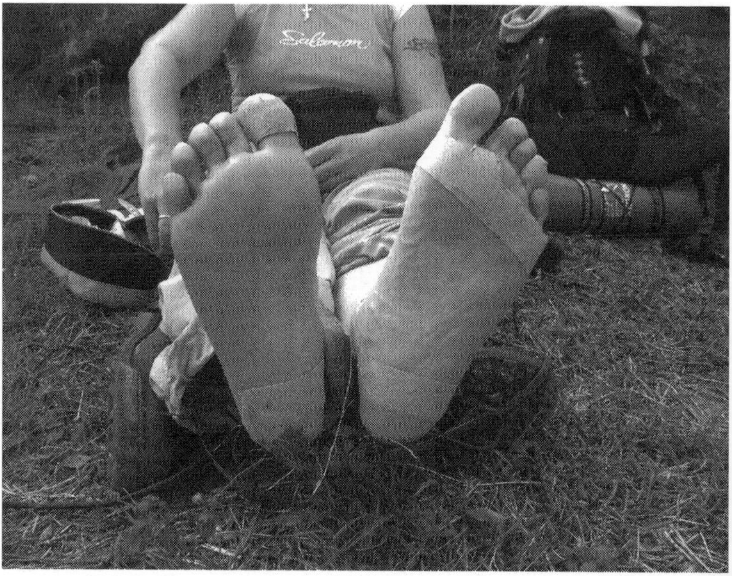

Freundinnen

Nun kennen wir uns schon weit mehr als 20 Jahre und uns verbindet eine tiefe Freundschaft. Obwohl wir uns nur selten treffen können, kann die Entfernung, in der wir leben, unserer Beziehung nichts anhaben. Du bist meine Seelenfreundin und wir glauben uns zu kennen. Gut genug jedenfalls, dass ich dich einlade, mich ein Stück auf meinem Pilgerweg zu begleiten, nachdem du diesen Gedanken geäußert hast. Du bist die einzige, bei der ich mir das vorstellen kann.

Auf dem Pilgerweg erleben wir vom ersten Tag an, wie unterschiedlich wir in Wirklichkeit sind. Er stellt unsere Freundschaft auf die Probe. Die Unterschiede in unserem Wesen, die bei unseren gemeinsamen Kurzurlauben eher anregend, und durch Toleranz und etwas Rücksicht gut auszuhalten sind, erweisen sich beim Pilgern als gravierend.

Die wichtigste Ursache liegt wohl darin, dass es mein Weg ist, ich habe das Bedürfnis zu pilgern, es ist mein Traum, den ich hier verwirkliche. Du hast dich damit nicht wirklich auseinandergesetzt, schließt dich meinen Planungen einfach an. Wir glauben, dass wir auch hier mit gegenseitiger Rücksicht eine schöne gemeinsame Zeit erleben werden. Viele Schwierigkeiten, die wir in den nächsten Wochen durchstehen müssen, erwachsen ironischerweise genau aus diesen Kompromissen.

Bereits der erste Tag erteilt uns eine heftige Lektion. Nach 15-stündiger Anreise mit dem Nachtzug starten wir von Irun aus um 8 Uhr morgens. Nach einigen Kilometern geht es steil bergan. Wir kommen viel langsamer vorwärts als ursprünglich geplant. Die Berge sind nicht deine Welt. Dann müssen wir an einer Wegkreuzung entscheiden, ob wir den einfacheren Weg weitergehen oder den Weg für die „Alpinistas“ wählen. Ich suche Herausforderungen, so ist die Wahl für mich keine Frage, du möchtest mich nicht in meiner Abenteuerlust beeinträchtigen und schließt dich meiner Entscheidung an. Nach einem heftigen, vielfach verfluchten unwegsamen Anstieg wandern wir auf dem Bergrücken weiter. Eigentlich ist es hier sehr schön, mit tollen Aussichten und gut begehbar. Aber der Weg ist weit, ein Ende noch lange nicht abzusehen und es wird immer später. Wir machen häufig Rast, aber ich registriere nicht, wie erschöpft du tatsächlich bist. Du bist müde und mürrisch, willst endlich ankommen, es ist bereits Nachmittag. Wir gelangen an eine Straße, der wir laut Tourgide mehrere hundert Meter folgen müssten, um dann wieder Richtung Küste zu gehen. Auf der gegenüberliegenden Straßenseite entdecke ich einen neuen, beschilderten Wanderweg, der unser Etappenziel in 4 Kilometern ausweist. 500 Meter länger als der offizielle Weg, dafür aber abseits der Straße. Auch hier akzeptierst du einfach meine Entscheidung. Bald darauf essen und trinken wir die letzten Reserven auf. Wir glauben uns ja bald am Ziel. Aber der Pfad führt hoch an die Steilküste, zwischen den Büschen staut sich die Hitze und der Weg will kein Ende nehmen. Die Sonne setzt dir viel mehr zu als mir, du bist fix und fertig und sagst mir, dass du nicht mehr weiterkannst. Ich erschrecke zutiefst, es gibt kein Zurück, wir müssen weiter! Die Verantwortung lastet schwer auf mir. Ein spanisches Ehepaar kommt uns entgegen, ich versuche zu fragen, ob wir auf dem richtigen

Weg sind. Die weitschweifigen Erklärungen des Mannes, gestenreich untermalt, lösen bei mir die Vorstellung von weiteren Stunden Wanderung aus. Die Frau deutet meinen entsetzten Blick und beruhigt mich mit „media hora", in einer halben Stunde sollten wir am Ziel sein. Doch zwischen diesem und uns liegt bald ein längeres Stück Steilwand mit Haken und Sicherungsseilen, das wir auf einem sehr schmalen Steig durchqueren müssen. Du bekommst panische Angst, die Höhe macht dir zu schaffen, bist vollkommen überfordert, deine Beine zittern. Ich nehme dich bei der einen und sämtliche Wanderstöcke in die andere Hand. Rücken und Füße schmerzen, der Rucksack ist ein zusätzliches Handicap, die Halteseile bieten nicht wirklich Sicherheit. Ich brauche alle Kraft, um ruhig zu bleiben und dir Mut zuzusprechen. Schritt für Schritt lotse ich dich über den Steig. Ein älterer Mann sitzt zwischen den Felsen und beobachtet uns. Auf meine Frage antwortet auch er mit „media hora". Den nächsten, der behauptet, wir wären gleich da, erwürge ich eigenhändig! Für die vielleicht 200 Meter brauchen wir bestimmt eine Stunde. In der Herberge kommen wir erst kurz vor 19 Uhr an. Ich kann mich nicht erinnern, mich jemals so müde und ausgelaugt gefühlt zu haben. Dieser erste Tag hat mich an meine Grenze gebracht, du hattest diese bereits deutlich überschritten.

Doch es ist nicht nur die unterschiedliche Kondition, die uns zu Kompromissen veranlasst. Eigentlich kommt es mir zugute, mich langsam an die Belastungen zu gewöhnen, indem ich unter meiner Leistungsfähigkeit bleibe, während dein Körper häufig Hochleistungen erbringt und bald mit Schmerzen in den Gelenken reagiert, die bis zum Ende deiner Pilgerreise nicht mehr wirklich verschwinden. Wir haben beide versucht, uns sportlich auf die Anforderungen vorzubereiten. Aber es ist ein gewaltiger Unterschied, mit oder ohne Rucksack zu wandern, ebenso ob man täglich viele Stunden unterwegs ist oder Erholungstage zwischen sportlichen Herausforderungen liegen. Dazu haben wir einen unterschiedlichen Tagesrhythmus. Früh aufzustehen und ohne Frühstück loszumarschieren sind für mich einfach Erfordernisse des Pilgerns, wenn die Tagesetappe lang und hohe Temperaturen vorausgesagt sind. Du würdest lieber länger schlafen und brauchst mindestens einen Kaffee, um den Tag freundlich zu begrüßen.

Erst im Rückblick habe ich erkannt, wie viel mehr Leistung du erbringen musstest, um diesen Weg mit mir zu gehen, wie häufig du an deine Grenzen gestoßen bist und wie oft du Schmerzen, Erschöpfung und Ängste überwunden hast! Du hättest diesen Küstenweg für dich niemals gewählt, sondern vielleicht einen, der weniger „Drecksberge" für dich bereithält. Im Zweifel hättest du dich immer für die einfachere oder weniger riskante Variante entschieden, während ich jede mögliche Herausforderung gesucht und angenommen hätte. Die Erfahrungen, die wir in den letzten Jahren durchlebt haben, haben zu Veränderungen in unserem Wesen geführt, die uns so nie wirklich bewusst geworden sind. Du, die du früher nie eine Achterbahn ausgelassen hast, hast in deinem Leben so viel Unsicherheit, so viel existenzielle Bedrohung erlebt, dass du nun Angst hast, den Boden unter den Füßen zu verlieren. An Stelle deiner Waghalsigkeit ist Vorsicht getreten. Ich steige heute noch nicht freiwillig in eine Achterbahn. Aber trotz der Kämpfe, die ich in meinem Leben schon ausfechten musste, hatte ich immer die Gewissheit, dass es Menschen gibt, auf die ich mich verlassen kann. Wenn man einen sicheren Hafen hat, ist es viel leichter, in ein Abenteuer aufzubrechen. Heute hast du einen stressigen Job mit viel Verantwortung. Deine Vorstellung von einer „Auszeit“ passte nicht wirklich zu meiner. Du wolltest gern Verantwortung für Entscheidungen abgeben, ich aber keine zusätzliche übernehmen. Du hast Ruhe gesucht, ich Herausforderungen. Du hast deine Meinung oft zurückgehalten und dich durchgebissen, weil du mir keine Steine in „meinen Weg“ legen wolltest. So waren meine egoistischen Vorstellungen oft stärker als meine Rücksicht auf dich. Die meisten unserer abenteuerlichen Geschichten entstanden aus den Versuchen, Kompromisse für uns zu finden. Eines wurde in dieser Zeit aber uns beiden klar. Auch wenn man Entscheidungen einem anderen überlässt, aus Bequemlichkeit oder Rücksicht keine Verantwortung übernehmen möchte, so muss man trotzdem die Konsequenzen mittragen. Jeder hat letztendlich die Verantwortung für sich selbst.

Der gemeinsame Weg hat uns wieder die Augen füreinander geöffnet. Nichts ist auf einmal mehr selbstverständlich. In vielen späteren Gesprächen haben wir uns neu entdeckt und Erklärungen für unsere unterschiedlichen Wahrnehmungen gesucht. Der Weg kehrt dein Innerstes nach außen, er lässt keinen Stein mehr auf dem anderen, hinterfragt Beziehungen, lässt Eigenschaften wie unter einer Lupe stärker hervortreten. Es ist wie eine Reinigung durch Feuer und Schwert. Das kann Angst vor Verlust oder

Veränderung auslösen, aber es bietet eben auch die Chance auf einen Neubeginn.

Klostergeschichten

Wenn sich die Gelegenheit bietet, übernachte ich gern in Klosterherbergen. Diese haben oft ein besonderes Ambiente. Sie sind zuweilen eher karg oder spartanisch eingerichtet, aber oft bietet sich die Möglichkeit zu einem Gespräch mit einem Mönch oder die Teilnahme an den abendlichen Andachten.

Eine Besonderheit bietet das Kloster von Cenarruza. Traditionell verpflegt es die hier eintreffenden Pilger am Abend mit einer Suppe und am nächsten Morgen mit einem Frühstück. Es empfiehlt sich allerdings, einen widerstandsfähigen Magen mitzubringen. Der große Topf mit einer guten Gemüse-Nudelsuppe, den uns ein freundlicher Pater brachte, stand nur zu einem Viertel geleert den Rest der Nacht in unserem Zimmer. Ich bin sicher, dass die Pilger der nächsten Tage in den Genuss derselben Suppe kamen. Zum Frühstück aßen wir das zwischenzeitlich ziemlich trockene Weißbrot, das ebenfalls von der Abendmahlzeit übrig war. Zum Einweichen gab es Kaffee oder heiße Milch. Die Unterkunft war eher einfach und nicht wirklich sauber. Ich hatte das Glück, dass unter meiner Matratze ein breites Brett die Sprungfedern verstärkte. Meine Freundin hatte das eindeutige Empfinden, in einer Hängematte zu schlafen. Außer uns nahmen nur noch zwei spanische Freundinnen und Tatsuy, ein japanischer Pilger, die Gastfreundschaft in Anspruch. Die Klosteranlage selbst ist romantisch schön, wenn auch fast verlassen. Ganze sechs ältere Mönche zählte ich bei der Komplet um 21 Uhr 45 in der dazugehörenden Kirche. Fast gespenstisch mutete die

Stimmung in dem nur von wenigen Kerzen erhellten Raum an, als die Mönche mit dünnen, zittrigen Altmännerstimmen ihre Lieder sangen.

Nach einem Besuch in den Höhlen von Altamira konnte ich nur noch eine kurze Tagesetappe einplanen und so entschied ich mich, im Kloster der Zisterzienser in Cobreces zu übernachten. Zu dieser Zeit war ich bereits alleine unterwegs. Die Herberge war in meinem Ratgeber als einfach aber sauber beschrieben. Mehrere Zimmer für 3–9 Pilger sollten zur Verfügung stehen. Gegen 15 Uhr 30 kam ich frohgemut – wenn auch wieder mal etwas nass – an der Klosterpforte an. Öffnen wollte mir aber niemand. Ein alter Mönch, der aus einem daneben befindlichen Tor trat, ignorierte mich und meine Verständigungsversuche geflissentlich. Schließlich tauchte ein älterer Mann auf, der sich als deutscher Pilger zu erkennen gab, mich durch das Tor lotste und mir erzählte, ich könne meinen Rucksack zu ihm ins 3-Bettzimmer bringen. Das ginge schon in Ordnung, wie er mir immer wieder versicherte, der Bruder Pförtner halte Siesta und komme erst gegen 16 Uhr. Also stellte ich meinen Rucksack ab, ging zurück zur Pforte und wartete dort, um mich anzumelden. Der Pilger leistete mir dabei Gesellschaft und erzählte mit unverhohlener Begeisterung, dass er auch schon die Nacht zuvor mit einer Pilgerin alleine in einem Zimmer verbracht habe. Die übrigen Geschichten erschienen mir äußerst dubios und mit einem mulmigen Gefühl ging ich in die kleine Kammer, nachdem ich meinen „Donativo“ entrichtet hatte. In dem Zimmer hing ein strenger, chemischer Geruch. Beim Versuch, sich aufs Bett zu setzen, senkte sich der Metallrost bald bis auf den Boden durch. Dusche und Toilette waren vom Zimmer nur durch eine Falttür getrennt – diese ließ sich aber weder ganz zuziehen noch etwa abschließen… dafür fehlte dann in der Dusche der Vorhang… Die übrigen Zimmer waren nicht mehr bewohnbar, sie wurden offensichtlich nur noch als Rumpelkammern genutzt. Die Vorstellung, hier die Nacht in trauter Zweisamkeit zu verbringen, überstieg dann doch meine Toleranzgrenze. Ich ließ mein Gepäck stehen, um mir ein kleines Hotel anzusehen, das kurz vor dem Kloster gelegen, mit Pilgerpreisen für die Übernachtung geworben hatte. Mein Mitpilger blieb mir auf den Fersen und begleitete mich dorthin. Da er weder spanisch noch englisch sprach, fragte er mich, was die Übernachtung koste. Das Einzelzimmer 38,- Euro – war nicht gelogen. Nur verschwieg ich ihm, dass es in dem Hotel ein Pilgerzimmer für bis zu 5 Personen für 20,- Euro pro Bett inklusive Pilgermenü und Frühstück gab. So entschied er sich, im Kloster zu bleiben, ich dagegen wollte nur noch schnellstmöglich meinen Rucksack holen. In der Herberge traf ich einen weiteren älteren Mann – weder Mönch noch Pilger – der im gegenüberliegenden Zimmer hauste. Er war wohl sehr enttäuscht über meinen Umzug, tätschelte mir zutraulich das Bein und meinte, nach einigen Gläsern Wein würde mir die durchhängende Matratze nichts mehr ausmachen. Ich solle doch bleiben. Fluchtartig verließ ich die Herberge. Diese Nacht hätte ich dort wohl nur mit einsatzbereitem Pfefferspray verbracht. Das kleine Hotel entpuppte sich als absoluter Glücksgriff. Allein in dem gemütlich-rustikalen Pilgerzimmer, blütenweiße, saubere Bettwäsche, ein großzügiges Bad mit Handtüchern, Shampoo und Bidet. Fürs Abendmenü wurde ich nach meinen Wünschen gefragt und im offenen Kamin ein anheimelndes Feuer für mich entfacht. Der Besitzer kochte nur für mich und leistete mir danach bei einer Flasche Wein Gesellschaft. Dieser löste mir so die Zunge, dass wir uns noch lange über Wirtschaft und Politik unserer Länder unterhielten – auf Spanisch!!

Völkerwanderung

Ähnlich wie ein Mikrokosmos spiegelt sich die große Welt in der Pilgergemeinschaft wieder. Die unterschiedlichsten Nationen, Charaktere und Motivationen treffen ungebremst in einer absoluten Ausnahmesituation aufeinander. Wie unter einer Lupe drängen Eigenschaften ans Licht, die zuvor vielleicht im Zaum gehalten oder im normalen Alltag nicht so sehr ins Gewicht gefallen waren. Die Entscheidung diesen Weg zu gehen, macht aus einem Pilger beileibe noch keinen Heiligen. Du hast mit Menschen zu tun, übernachtest mit ihnen auf engstem Raum, denen du normalerweise aus dem Weg gehen würdest. Es ist keineswegs so, dass das gleiche Ziel die Pilger auch zu einer Gemeinschaft zusammenschweißt. Nicht nur die Gründe für diese Reise, auch die Art und Weise wie der Einzelne oder eine Gruppe diese gestaltet, trennt die Menschen voneinander.

Da gibt es die Langzeitpilger, die viele Wochen und Monate unterwegs sind. Manche starten vor ihrer eigenen Haustür, laufen quer durch Deutschland, Frankreich und Spanien oder von der Schweiz aus. Sie legen tausende von Kilometern zurück, haben oft ihr Leben auf den Kopf gestellt um diesen Weg gehen zu können. Sie sind die Solisten dieses Ensembles, meist alleine unterwegs und eher selten besonders redselig oder gesprächig. Eine Ausnahme war M., ein Psychotherapeut aus der Nähe von Paderborn, der schon halb Deutschland und Frankreich durchquert hatte und dem wir in der zweiten Woche mehrmals begegneten. Fast schon inquisitorisch befragte er uns nach unserer Religionszugehörigkeit und dem Grund unserer Reise. Seiner

Meinung nach stand es nur katholischen, praktizierenden Christen zu, nach Santiago zu pilgern, um in diesem Heiligen Jahr von allen Sünden gereinigt zu werden. Andere Beweggründe, einen anderen religiösen Hintergrund, ließ er nicht gelten. Selbst den zaghaften Einwand, auf einer spirituellen Suche zu sein, machte er zunichte. Nur wer Gott bereits gefunden hatte war berechtigt, sich auf diesen Weg zu machen. Immer wieder betonte er die Notwendigkeit der Beichte und den Sündenerlass. Ganz genau beschrieb er mir die dafür notwendige Vorgehensweise bei meiner Ankunft in Compostela. Er tat mir sehr leid. Wie viel vermeintliche oder echte Schuld musste er in seinem Leben schon auf sich geladen haben, dass er glaubte, sich nur so mit Gott versöhnen zu können. Ich frage mich, ob er während der mehr als 2000 Kilometer irgendwann dieses Hochgefühl der besonderen Gnade erlebt hat, die dieser Weg zu schenken vermag oder ob er bis ans Ziel als Büßer und nicht als Pilger gelaufen ist.

Eine ganz eigene Spezies sind die Radpilger. Vorwiegend spanischer oder italienischer Herkunft, meist männlichen Geschlechts und mittleren Alters, verlegen diese die Tour de France nach Spanien. In knackigem Outfit, minimalistischem, aber sehr professionellem Gepäck, nicht ohne unentbehrlich scheinendes Navigationssystem fahren sie in kleinen Gruppen in kurzer Zeit die Strecke nach Santiago. Wobei sie zumindest an der Küste nicht den Pilgerwegen, sondern der Landstraße folgen. So treffen die so unterschiedlichen Pilgergruppen meist nur in der Herberge aufeinander, in denen Fußpilger allerdings vorrangig Anspruch auf ein Bett haben. Auf dem Camino Lebaniego und dem Camino Primitivo traf ich keine Radpilger, dafür dann unzählige auf dem Teilstück des Camino Frances zwischen Arzua und Santiago. Dort schlängeln sie sich zwischen den eh schon zahlreichen Fußpilgern hindurch, grüßen mit „¡Buen Camino!“ in der Hoffnung, dass man auch nach dem hundertsten Mal noch auf die Seite geht und Platz macht. So stelle ich mir die Rush Hour in Amsterdam vor.

Auf dem Weg von San Sebastian nach Orio folgten wir dem Weg aus der Stadt hinaus, der zunächst über Treppen und viele langgezogene Stufen bergan führte. Von oben kam uns eine Frau mit einem schwer beladenen Hollandrad entgegen. Große Packtaschen am Hinterrad, Tasche und Zelt auf dem Gepäckträger, diverse Plastiktüten am Lenker. In Deutschland hätte man sie leicht für eine Obdachlose halten können….Sie fragte uns nach dem Pilgerweg und es stellte sich heraus, dass sie von der Straße aus in die falsche Richtung abgebogen war. Mühsam wendete sie ihr Rad und schleppte es wieder über die Stufen hinter uns her. Bald waren wir ein gutes Stück voraus. Der zuvor asphaltierte Weg führte von der Straße weg ins Hinterland, wurde zu einem schmalen, von überhängenden Büschen gesäumten, abwechselnd schlammigen und steinigen Pfad. Nicht lange, und ein umgestürzter Baum versperrte den Weg. Wir mussten die Rucksäcke abnehmen, um darunter hindurch schlüpfen zu können. Deshalb staunten wir nicht schlecht, als die Radpilgerin während unserer Pause wieder zu uns fand. Wir luden sie zu uns ein und sie erzählte, dass sie vor einigen Wochen bereits in Holland gestartet und die meiste Zeit auf Straßen unterwegs gewesen war. Nun wollte sie wenigstens einen Teil ihrer Fahrt auf den ursprünglichen

Pilgerwegen zurücklegen und war deshalb dem gelben Pfeil gefolgt. Da sie keinen aussagefähigen Wanderführer besaß, hatte sie wenig Vorstellung von den Wegverhältnissen. Um den gestürzten Baum passieren zu können, hatte sie ihr komplettes Gepäck abladen, dieses und das sperrige Fahrrad einzeln unter dem Hindernis hindurch manövrieren müssen. Doch sie war voller Zuversicht und fuhr bald danach weiter. Auf dem weiteren, sehr steinigen und holperigen Weg fanden wir dann eine Sonnenbrille und eine neue Zahnbürste, die sie anscheinend verloren hatte. Wir nahmen sie als unsere Caminogeschenke an.

Ein Großteil der Pilger stammt aus Europa, aber wir trafen auch junge Menschen aus Brasilien oder Korea. Mit dem alterslos scheinenden Tatsuy aus Japan sind wir zwei Tage gegangen. Er wirkte wie ein junger Mann, musste seinen zurückhaltenden Lebenserzählungen nach aber schon im mittleren Alter sein. Ein ganzes Jahr Auszeit hatte er vor sich und geplant, christliche Pilgerwege auf der ganzen Welt zu bereisen. Ich erinnere mich an meinen Pilgerbruder Roger aus Kanada oder Leslie aus Amerika, die wegen Druckstellen ihre Wanderschuhe zurückgelassen hatte und den Weg nur mit Sandalen bewältigen wollte. In der später folgenden Regenzeit habe ich oft an sie gedacht.

Viele Menschen versuchen während ihres Jahresurlaubs zu pilgern. Manche gehen darum Jahr um Jahr immer das nächste Teilstück des von ihnen gewählten Caminos. Bevor sie vom Wanderer zum Pilger werden können, müssen sie leider schon wieder nach Hause. Andere versuchen, mit großen, oft über 50 Kilometer langen, täglichen Etappen, in kurzer Zeit nach Santiago zu kommen. Es ist wie ein

Wettrennen gegen die Zeit. Von der für manchen zu großen körperlichen Belastung abgesehen, die unter Umständen zum Abbrechen zwingt, glaube ich kaum, dass man auf diese Art und Weise aus der Pilgerreise Kraft und Einsicht gewinnen kann.

In der Herberge von San Vicente de la Barquera traf ich vier nicht mehr ganz junge Freunde, die sich vorgenommen hatten, in weniger als drei Wochen den ganzen Camino del Norte zu gehen, mehr als 850 Kilometer. Das Quartett legte dazu täglich 40–50 Kilometer zurück, Ruhetage waren nicht eingeplant. Am Abend trafen sie meist spät in den Herbergen ein, um dafür morgens als erste wieder aufzubrechen.

Ganz gewiss hat nicht jeder die Möglichkeit, viele Wochen in eine Pilgerreise zu investieren und ich empfand es als großes Glück, dass ich mir diese Zeit nehmen konnte. Im Zweifel würde ich aber eher einen kürzeren Weg nach Santiago wählen, als den Stress und Zeitdruck, dem wir im Alltag oft genug ausgesetzt sind, mit in diese Zeit zu übernehmen. Viel Zeit nahm sich dagegen der älteste Pilger, dem ich begegnet bin. Am Tag seines 85. Geburtstages trafen wir im Pilgerbüro von Fonsagrada zusammen. Ganz allein war der alte Mann unterwegs, selbst seinen Rucksack trug er ganz selbstverständlich. Das einzige Zugeständnis an sein Alter war die Wahl der Übernachtung. Statt in den Herbergen in einem Stockbett zu schlafen, gönnte er sich ein Pensionsbett.

Echte Bettelpilger sind eher selten. Einmal trafen wir einen jungen Mann, der mit einem übergroßen Rucksack und Plastiktüten unterwegs war. Er war mittellos und übernachtete bei trockenem Wetter irgendwo im Freien. Bei Regen bat er in den Herbergen um kostenfreie Übernachtung. Zumindest in Klöstern gewährt man Bettelpilgern diese. Im Rucksack und der Tasche hatte er mehrere Kilo Obst gebunkert, dass ihm auf dem letzten Markt nach dessen Ende von den Händlern geschenkt worden war. Es war sein Ziel, mit einfachsten Mitteln diesen Weg zu meistern. Dafür war er bereit, viele Entbehrungen in Kauf zu nehmen.

Mit einem der seltenen „Rückläufer“ übernachtete ich im Kloster von Valdedios. Er erzählte, dass er im letzten Herbst in der Schweiz gestartet, viele Monate über Frankreich und den Camino Frances nach Santiago gepilgert war. Nun wanderte er über den Camino Primitivo und den Küstenweg wieder Richtung Frankreich. Zur Orientierung verließ er sich auf seinen Kompass und einige wenige blaue Pfeile, die zumindest bis Oviedo sporadisch den Rückweg markieren.

Touristenpilger traf ich auf den abseitigen Wegen eher selten. Natürlich gibt es auch hier Pilger, die eigentlich Wanderer sind, vielleicht tatsächlich schon mal als Pilger in Santiago waren und nun von der Möglichkeit Gebrauch machen, mit ihrem Pilgerausweis in den Herbergen preiswert zu übernachten. Sie wandern landschaftlich besonders reizvolle Teilstrecken ohne das Ziel zu haben, Compostela tatsächlich zu erreichen. Auf diese Art und Weise verbringen sie einen billigen Urlaub.

Natürlich gibt es auch echte Pilger, die den Schutz einer Gruppe brauchen und deshalb organisierte Pilgerfahrten buchen. Hochachtung für diejenigen, die trotz körperlicher Einschränkungen um jeden der notwendigen letzten einhundert Kilometer kämpfen, um diesen Weg zu meistern oder um eine Pilgerurkunde zu erhalten. Wenig Verständnis habe ich allerdings für die Wochenendwanderer, die mit Gepäcktransport, Stullenpäckchen und Hotelreservierung „Pilgern light“ zelebrieren und nach Santiago gehen, weil es gerade „in“ ist. Viele dieser Touristenpilger trifft man auf dem letzten Abschnitt des Camino Frances.

Ich war mit Friedl, meinem Pilgerkamerad in den letzten Tagen, von Arzua Richtung St. Irene unterwegs. Vor uns Pilger, hinter uns Pilger, dazwischen die unvermeidlichen Radpilger. Ich war wochenlang alleine gewesen und von der Unruhe, Umtriebigkeit und Geräuschkulisse dieser Pilgerautobahn gehörig genervt. Wie sehnte ich mich nach dem Alleinsein und der Stille. Das spanische Pärchen vor uns stellte meine Toleranz auf eine harte Geduldsprobe. Ohne Gepäck, nur mit Trinkflasche und Proviantpäckchen beschwert, schlenderten sie vor uns her. Der junge Mann trug dieselben, während die junge Frau, modisch in Shorts und Sneakers gekleidet, lässig eine Zigarette rauchend unablässig telefonierte.

Da half nur rasches Überholen, ohne dem Wanderpulk tatsächlich lange entkommen zu können.

Noch einen Vertreter einer besonderen Pilgerspezies traf ich in diesen letzten Tagen. Einen „Has und Igel“-Pilger. Egal wie früh du vor ihm aufbrichst, wie flott du gehst und obwohl er dir unterwegs nie begegnet….ist er immer schon vor dir in der nächsten Herberge. Entweder hat es zu stark geregnet oder er hatte von der Sonne bald einen Hitzschlag, wahlweise Schmerzen in Rücken, Knien oder sonstigen Gelenken, schlecht geschlafen oder zu lange…der ältere italienische Pilger fand immer einen triftigen Grund, die Strecke per Bus zurückzulegen. Friedl meinte sich zu erinnern, dass er ihn tatsächlich auch mal wandern sah. Das letzte Mal traf ich ihn in Santiago vor dem Pilgerbüro. Hier war ich selbst morgens um halb acht eingetroffen und mein Rucksack stand an siebter Stelle in der Schlange. Ich konnte es kaum glauben: Der erste Rucksack gehörte dem italienischen Speedy Gonzales!

Grenzerfahrung

Ich bin mit meiner Freundin Iris von Laredo nach Noja unterwegs. Hier in Laredo wollten wir in der Mission der Franziskaner übernachten. Doch zuvor mussten wir die Schwester davon überzeugen, dass es nicht unsittlich sondern auch in Klöstern und sonstigen kirchlichen Herbergen durchaus üblich ist, wenn sie uns zu einem bereits am Tag zuvor eingetroffenen, männlicher Pilger einquartiert. Dieser belegte ein Bett in dem einzig freien großen Mehrbettzimmer und durfte wegen eines Darminfektes länger als die übliche eine Nacht bleiben. Wir kannten diesen Mitpilger bereits und nicht nur wegen der Ansteckungsgefahr, sondern auch wegen der fehlenden Sympathie wählten wir die am weitesten entfernten Betten.

Heute ist ein schöner Tag, wir sind guter Stimmung und lachen viel. Die ersten Kilometer Richtung Noja geht es an der Uferpromenade entlang, dann kommen wir an einen Sandstrand. Hier soll eine Fähre nach Santona gehen, aber wir finden keine Anlegestelle. Tatsächlich legt das kleine Boot einfach mit einem ausklappbaren Steg direkt im Sand an. Es ist richtig heiß. Durch Santona durch und bald laufen wir auf hartem Sand kilometerweise am Strand von Barria entlang. Dann die erste Schwierigkeit. Um zum Strand von Noja zu kommen, müssen wir entweder 8 Kilometer Umweg über die Straße gehen oder über den vor uns liegenden Berg klettern, der beide Buchten trennt. Es ist Mittagszeit, die Hitze ist groß und die Straße keine angenehme Alternative. Iris ist verzagt, sie hat Höhenangst und möchte am liebsten weder einen Umweg noch über den Berg gehen.

Ich versuche sie mit der Aussicht auf einen inoffiziellen Weg auf halber Höhe um den Berg herum zu ermutigen, der in unserem Wanderführer als einfachere Alternative empfohlen wird. Der Anstieg ist steil und schwierig. Unsere Wanderstöcke finden auf dem sandigen Untergrund kaum Halt, sind bei den Kletterpartien über Steine und zwischen Felsen und Gestrüpp eher hinderlich. Mühsam, schwitzend und schwer atmend kämpfen wir uns unter der hochstehenden Sonne den Pfad hinauf. Durch das Gewicht der Rucksäcke ist es schwer, das Gleichgewicht zu halten. Der Abzweig zu dem beschriebenen Weg ist nicht eindeutig zu finden. Der kleine Pfad, dem wir schließlich folgen, zergliedert sich bald in mehrfache Spuren. Irgendwann klettern wir durch reines Dornengebüsch. Ich trage kurze Hosen und zerkratze mir Arme und Beine blutig. Wir sind gefährlich hoch am Steilhang. Unten am Strand sammeln sich Badegäste und beobachten unsere waghalsige Tour. Iris hält sich tapfer. Sie jammert und klagt nicht, sondern versucht, mir zu folgen. Doch ich bin sicher, sie vergeht bald vor Angst. Irgendwann kann ich nur noch etliche Meter unter uns eine schmale Spur erkennen, die haarscharf um eine vorspringende Felsnase herumführt. Obwohl ich kaum Ängste kenne, ist mir mulmig zumute. Zum ersten Mal in meinem Leben muss ich erkennen, dass ich meine Freundin und mich in eine lebensgefährliche Situation manövriert habe. Selbst das Umdrehen an diesem Steilhang ist schwierig. Die Dornen verhaken sich in Kleidung und Rucksäcken, die Stöcke sind hinderlich. Ein falscher Schritt und wir stürzen ab. Der Entschluss, zum offiziellen Camino zurückzukehren, wird zur absoluten Tortur. Einen

Pfad erkennen wir gar nicht mehr. Teilweise kämpfen wir uns durch hüfthohe Dornbüsche zurück auf den offiziellen Weg. Der restliche Auf- und Abstieg erscheint uns danach wie ein Kinderspiel. Oben auf dem Berg versorgen wir erst einmal unsere heftigen Blessuren. Den schönen Strand von Noja können wir allerdings nicht mehr wirklich genießen. Müde und schweigsam trotten wir die knapp 4 Kilometer bis Noja. Wir fühlen uns körperlich und seelisch ausgelaugt. Heute können und wollen wir nicht mehr weiter. In der ersten Bar fallen wir erschöpft auf die Stühle. Hier treffen wir ein spezielles, schon älteres Pilgerpaar wieder, mit dem wir bei unserer Zwangspause oben auf den Klippen schon ins Gespräch gekommen waren. Mutter und Sohn, die ein Teilstück des Weges pilgern, wobei der Sohn nicht nur seinen Rucksack, sondern auch das Gepäck der Mutter trägt. Iris Lebensgeister erwachen schnell wieder. Hier gibt es deutsches Weizenbier! Von diesem lässt sie sich so schnell nicht mehr loseisen, also mache ich mich alleine auf die Suche nach einer Pension. In dieser werden wir am Abend von der Mutter des Besitzers bekocht. Wir sind die einzigen Gäste, trotzdem bereitet sie auf unseren Wunsch eine leckere Paella für uns zu.

Noch Tage später sollten wir nachfolgende Pilgerkameraden treffen, denen die Urlauber von unserer Aktion erzählt haben und die davor gewarnt wurden, es uns gleichzutun und vom offiziellen Pfad abzuweichen.

Der Spanier an sich....

...ist freundlich, neugierig und durchaus hilfsbereit. Er ist definitiv kein Fußgänger, dafür ein begeisterter Autofahrer...der eher nicht mit Wanderern am Straßenrand rechnet. Auch nicht, wenn ihn unübersehbare Schilder auf Pilger hinweisen. Der spanische Autofahrer an sich ist – gleichgültig welchen Alters oder Geschlechts – zunächst einmal schnell. Wenn er bei Regen durch übervolle Wasserlachen vorbeirauscht, dem eh schon nassen Pilger dadurch eine zusätzliche Dusche verpasst, könnte man ihn sogar für rücksichtslos halten. Dem ist nicht so, er hat Ähnliches nur nie am eigenen Leib erfahren. Bei jedem Wetter stundenlang durch die Gegend zu laufen, ist ihm einfach wesensfremd. Das ganze Ausmaß des Entsetzens eines Pilgers, der sich nur mit einem beherzten Sprung in den Straßengraben retten konnte, kann er einfach nicht nachvollziehen. Als Katholik weiß er, dass es dir ein Anliegen ist, zu Fuß nach Santiago zu pilgern. Deshalb bewahrt er dich in schwachen Momenten davor, dich selbst zu sabotieren, indem er die Frage nach einer Mitfahrgelegenheit freundlich ablehnt. So sind auch Zeit- und Entfernungsangaben des hilfsbereiten Spaniers durchaus mit Vorsicht zu genießen. Sie orientieren sich häufig genug an seinen Erfahrungen als Autofahrer. In einer langgezogenen Ortschaft erkundigte ich mich einmal nach dem nächsten Einkaufsmarkt. „Das ist nicht weit. Die Straße runter, um die Kurve, dann sehen Sie ihn schon." Ich war bereits einen langen, heißen Tag gewandert. Auf die zusätzlichen 2 Kilometer hätte ich gerne verzichtet! Im Übrigen ist die übersetzte Version der Wegerklärung deutlich gekürzt. Denn der Spanier an sich erklärt Wege begeistert, ausführlich, weitschweifend und nicht ohne sich mehrfach zu wiederholen. Damit er sicher sein kann, dass man seinen Anweisungen auch Folge leistet, begleitet er dich gerne auch mal ein Stück. Dabei erzählt er dann von seinem eigenen Weg nach Santiago, den er vorzugsweise als Radpilger zurückgelegt hat, denn der Spanier an sich ist auch ein begeisterter Rennradfahrer. Da er den Fußweg nicht immer kennt, aber sicher weiß, wie er mit dem Auto zum nächsten Etappenziel kommt, stimmen die Erklärungen deines Fremdenführers nicht unbedingt mit den Ausführungen im Handbuch überein. Keine Sorge, nach hundert Metern kehrt er mit einem freundlichen Winken um und du hast die Möglichkeit, deinen Camino erneut zu suchen.

Die Frage nach dem Weg zu einer bestimmten Pension hätte ich in Deutschland vermutlich so beschrieben bekommen: „Die nächste Straße rechts, dann dem Weg bis zum Ende folgen." Im Spanischen hört sich die Beschreibung in etwa so an: „Sie gehen auf dieser Straße erst mal weiter, aber nicht zu weit, da vorne gehen Sie rechts die kleine Straße rein und dann weiter. Die Straße macht einen Bogen nach links, rechts führt ein Feldweg weg. Den nehmen Sie aber nicht, das wäre falsch. Sie gehen also immer weiter und weiter. Am Ende der Straße ist ein Kreisverkehr, da geht's zur Autobahn. Dann sind Sie schon zu weit. Vor dem Kreisel ist auf der rechten Seite die Pension." Und das Ganze mit mehrfachen Wiederholungen, Ausdrücken, die so niemals in meinem Lehrbuch standen und in einem Tempo, bei dem ich mit meinen Sprachkenntnissen bald an meine Grenzen stoße. Ich merke mir also: „Die nächste rechts…", gehe bis zur nächsten Kreuzung und frage mich so Stück für Stück bis zum Ziel….

Einige Sitten des Spaniers könnte man nach deutschem Verständnis durchaus als Unsitte begreifen. In der Anfangszeit beobachteten wir noch etwas irritiert die insbesondere an der Küste verbreitete Eigenart, die für die Tapas verwendeten Zahnstocher und Servietten nach Gebrauch einfach auf den Boden fallen zu lassen. Dort mischten sie sich mit Asche, ausgetretenen Zigarettenkippen und diversen Verpackungsmaterialen. Ab 16 Uhr, auf dem Heimweg von der Arbeit oder nach dem sonntäglichen Familienausflug, trifft sich der Spanier mit dem Rest der Dorfbewohner in einer Bar. Da die Zeit bis zum späten Abendessen noch lang ist, gönnt er sich hier erst mal ein Glas Wein und ein, zwei Tapas oder Chips in allen Variationen, die er gerne vom daneben befindlichen Kiosk mitgebracht hat. Die Kinder werden in dieser Zeit mit allen Arten von Süßigkeiten verwöhnt. Vom einfachen Eis bis zu Zucker in jeder gummiartigen Form bieten spezielle Geschäfte süße Naschereien an, in denen dann die Kundenschlange auch schon mal bis auf die Straße steht. Vor der Theke drängen sich mehrere Reihen hungriger und durstiger Gäste, die Bistrotische werden für die Großfamilien zusammengerückt und alle unbesetzten oder unbewachten Stühle herbeigeschleppt. Nach spätestens zwei Stunden ist die Invasion vorbei und die Spanier gehen nach Hause. Zurück bleibt eine Einöde wie nach einem Heuschreckenschwarm. Kein Stuhl, kein Tisch steht mehr an seinem ursprünglichen Platz, Berge leerer Tapastellerchen, Platten und Gläser stapeln sich. Wie Herbstlaub sammelt sich der Abfall raschelnd auf dem Boden, wo man ihm durchaus auch am nächsten Tag beim Frühstück noch begegnet. Leider ist diese Wegwerfmentalität tief im Spanier verwurzelt, so wundert es wenig, dass man in Straßengräben von der einfachen Plastikflasche bis zum vor sich hin rostenden Kühlschrank alles finden kann. Unsere Angewohnheit aber, Zahnstocher und Servietten vermeintlich vorbildlich auf dem Tellerchen abzulegen, gilt dem Spanier vermutlich als unfein.

Andere Länder, andere Sitten.

Pilgerschwester, Pilgerbruder

Manchmal treffe ich Menschen und wir erkennen uns. Das sind dann kurze, oft unglaublich intensive und emotional offene Begegnungen. Mit anderen verbringst du die Nacht im gleichen Zimmer, hast aber keinerlei Berührungspunkte. Sie sind auf der gleichen Strecke unterwegs und gehen doch einen ganz anderen Weg.

Die erste berührende Begegnung habe ich in der Herberge von San Vicente de la Barquera. Ich richte mich gerade häuslich auf einem Stockbett am Fenster ein, als A. zu mir kommt und fragt, ob sie zu mir kommen und das obere Bett beziehen könne. Wir kennen uns nur flüchtig von einer gemeinsamen Übernachtung in einer anderen Herberge. Ich bin etwas verwundert, eigentlich hat sie mit ihrer Freundin bereits ein Stockbett in der Nähe belegt, und in dem großen Raum sind noch sehr viele Betten frei. Sie zieht zu mir um und beginnt mir von sich zu erzählen. Vor vielen Jahren hat sie mit ihrem Mann schon einmal eine Pilgerreise nach Santiago unternommen. Gemeinsam wollten sie noch einmal pilgern, aber ihr Mann ist so schwer erkrankt, dass er nicht mehr mitkann. Als Geschenk zu ihrem 70. Geburtstag, an dem sie wieder zu Hause sein möchte, versuchen ihre gesamte Familie und Freunde ihr diese Pilgerreise zu ermöglichen. Ihr Sohn hat ihr einen etwas jüngeren Pilgerkameraden gesucht, mit dem sie über den Camino Primitivo gehen kann. Kinder, Stiefkinder, Enkel und Freunde begleiten sie abwechselnd wochenweise auf ihrem Weg. Sie ist weit zurück bereits in Frankreich gestartet und hat schon ca.1300 Kilometer und viele Wochen hinter sich. Ihr Bruder will sich ihr auch noch anschließen und ihre Schwester wird 2000 Kilometer mit dem Auto nach Santiago fahren, um sie dort abzuholen. Nun gesteht sie mir, dass sie sich sehr, sehr müde fühlt und nicht weiß, ob sie noch die Kraft hat, so weit zu pilgern. Sie traut sich den schwierigen und anstrengenden Weg über den Camino Primitivo nicht mehr zu, den ihr Begleiter wählen wird und müsste den Weg an der Küste entlang überwiegend alleine gehen. Sie sagt, sie hat in ihrem ganzen Leben noch nie so viel Zuneigung und Liebe erfahren, wie durch ihre Familie und Freunde in diesen Wochen. Sie fühlt sich so reich beschenkt und ist unglaublich dankbar dafür. Ich verstehe, was sie mir eigentlich sagen möchte. Sie möchte all die Menschen, die sie so sehr unterstützen nicht enttäuschen, indem sie die Reise vorzeitig abbricht.

Die Liebe ist der Weg. Die Liebe ihrer Familie hat es ihr ermöglicht, so weit zu gehen. Ohne es zu merken, hat sie ihr inneres Santiago längst erreicht. Ich kann ihr keinen Rat geben und nehme sie nur tröstend in die Arme. Mir stehen die Tränen in den Augen, so sehr berührt mich ihre Geschichte. Ich wünsche mir sehr, dass auch einmal meine Familie das für mich tun würde. Ich wünsche jedem Menschen, dass er einmal so viel Liebe erfährt.

Gestern habe ich einen „Bruder im Geiste“ getroffen.

Irgendwann am Nachmittag bemerkte ich, dass mir ein weiterer Pilger in immer gleich großem Abstand auf dem Küstenweg folgte. Bis dahin hatte ich den ganzen Tag niemanden gesehen. Ich war vom offiziellen Pilgerweg, der ein gutes Stück an einer vielbefahrenen Landstraße entlangführte, abgewichen. Nach wenigen Metern, sowieso schon durchnässt von dem seit Stunden strömenden Regen, verging mir die Lust von vorbeirauschenden Lkws mit Dreckwasser in hohen Fontänen geduscht zu werden. Also drehte ich um und folgte stattdessen einem Wanderweg, der wohl einige Kilometer länger, dafür aber von der Straße weg ins Landesinnere und erst später wieder an die Küste zurück auf den Camino führte. Ich wanderte in vollkommener Einsamkeit. Der Weg war nicht immer eindeutig markiert, aber mein Bauchgefühl führte mich wie ein innerer Kompass in die richtige Richtung. Ich hatte einen eigenen, „meinen" Weg für einen Tag gefunden. Er war teilweise sehr anstrengend, belohnte mich aber mit einer unvergleichlichen Panoramasicht auf die Bergwelt Nordspaniens – und das trotz Wolken und Nieselregens. Es ging ein stürmischer Wind und kurz nach der Bergkuppe eröffnete sich ein spektakulärer Blick auf die Küste und den unendlich scheinenden Horizont.

Bei einer Pause an der Küste holt mich dann der andere Pilger ein. Er grüßte freundlich, hielt aber Distanz und setzte sich in einiger Entfernung ebenfalls zu einer Pause hin. Im Lauf der weiteren Wanderung ergab sich dann doch ein Gespräch und wir gingen wie selbstverständlich die letzten Kilometer zusammen. Wir stellten fest, dass wir nicht nur das gleiche Schritttempo, sondern auch viele Ansichten und Beweggründe teilten. Roger ist schon zum dritten Mal auf einem Camino unterwegs. Auch er geht am liebsten allein, braucht die Zeit, um sich in sich zurückzuziehen, nachdenken und schreiben zu können. Dieses Mal ist kurze Zeit vor seiner Abreise sein bester Freund tödlich verunglückt. Er braucht diese Wochen, um zu trauern, zu erinnern und

Gefühlen nachzuspüren, die er in seinem Alltag als Mann nicht zulassen kann. Wir haben dann ein gemeinsames Zimmer in der Privatherberge zugeteilt bekommen und sind am Abend zusammen essen gegangen. Es war etwas ganz Besonderes, einen „Bruder im Geiste" zu treffen. Es bot die Möglichkeit, mit einem eigentlich wildfremden Menschen sehr intensiv über Gedanken, Gefühle und Erlebnisse zu sprechen und dabei festzustellen, dass der andere dies nicht nur versteht, sondern gleiches erlebt, gefühlt und gedacht hat. Wir haben an diesem Abend einer im anderen gelesen wie in einem offenen Buch und wir haben diese Begegnung als ein seltenes Geschenk empfunden. Es war uns beiden klar, dass jeder alleine weiterpilgern würde. Eine solche Nähe kann man nur kurz aushalten. Auch darin stimmten unsere Empfindungen überein.

Bilder zu *Grenzerfahrung*, *Was ist Luxus?* und *Abschied in Santander*
http://www.verlag-waldkirch.de/pics/Jakobsweg2.pdf

Was ist Luxus?

Zum Pilgerleben gehört für mich auch, dass man sich auf seine Grundbedürfnisse besinnt, und sich nicht durch überflüssiges Zubehör belastet. Zum einen werden allein schon durch das Gewicht des Rucksacks Grenzen gesetzt, aber es ist natürlich auch eine Frage der inneren Einstellung, worauf man zu verzichten bereit ist. Ich hatte weder Fön, noch Haarspray oder Make-up-Produkte bei mir. Gesichtscreme, Shampoo und Seife – zum Waschen von Körper und Kleidung gleichermaßen – mussten ausreichen. Bei der Verpflegung war nur wichtig, dass sie auch bei höheren Temperaturen 2 Tage übersteht. Getrocknete kleine Brötchen, mal ein Apfel oder kleine Tomaten, geräucherter Schinken, Nussschokolade und Studentenfutter waren meine Grundnahrungsmittel und Notreserve. Am Anfang haben wir noch versucht, abends Essen zu gehen. Doch die spanische Lebensweise steht dem Pilgerleben konträr gegenüber. Am Nachmittag, wenn wir in unseren Etappenzielen hungrig eintrafen, war die Essenszeit, die bis kurz nach 15 Uhr geht, gerade vorbei. Geschäfte und Restaurants geschlossen, mit viel Glück ergatterte man in einer Bar ein paar Tapas oder einen Salat. Die Restaurants öffneten erst zum Abendessen um 21 Uhr wieder. Um diese Zeit zieht es den müden Wanderer jedoch schon wieder Richtung Herberge. Auf den stärker frequentierten Pilgerwegen konnte man mit Glück auch schon ab 20 Uhr ein „Pilgermenü“ in den Bars bekommen. Ansonsten blieben Tapas, Salate und Tortilla die einzigen Möglichkeiten, den knurrenden Magen zu besänftigen. Das Frühstück fiel meistens aus; Pensionen und

Herbergen bieten normalerweise keines an und falls doch, ist es mit einem bei uns üblichen nicht zu vergleichen. Die Spanier sind vom späten, opulenten Abendmenü noch so satt, dass es morgens bestenfalls Toastbrot oder geröstetes Weißbrot vom Vortag mit Öl oder Butter und Marmelade gibt. Ich gewöhnte mich daran, morgens erst mal zwei Stunden zu wandern in der Hoffnung, dann auf eine bereits geöffnete Bar zu treffen, um einen Tee und ein Croissant zu frühstücken. Oft genug saß ich aber irgendwo auf einem Stein im Nirgendwo und musste mich mit einer Banane, Zwieback und Wasser aus meinen Vorräten begnügen. Ich glaubte, ein einfaches Leben zu führen, bis ich meine Pilgertochter traf. Die junge Frau war mit sehr wenig Geld unterwegs, ein Menü am Abend konnte sie sich nicht leisten. Um sie nicht zu beschämen, habe ich dann ebenfalls darauf verzichtet. Von ihr habe ich gelernt, dass es für den Körper keineswegs notwendig ist, täglich warm zu essen und mit wie wenig man tatsächlich auskommen kann. Ein Riegel Schokolade am Nachmittag, das Glas Wein am Abend bekamen auf einmal einen anderen Stellenwert. Sie waren ein besonderer Genuss.

Vieles, was in unserem Alltag selbstverständlich ist, stand mir nicht mehr zur Verfügung. Spätestens jeden zweiten Tag musste die Wäsche von Hand gewaschen werden, sehr selten gab es die Möglichkeit, eine Waschmaschine zu benutzen. Oft genug wurden die Kleidungsstücke über Nacht nicht trocken, mussten feucht wieder eingepackt oder dekorativ am Rucksack zum Trocknen befestigt werden. „Ein Trockner! Ein Königreich für einen Trockner!" – mein Stoßseufzer an Regentagen.

An einem solchen kam ich nass, unter der Regenkleidung durchgeschwitzt und bei nur 16 Grad trotzdem fröstelnd in der Herberge von Esteban an. Diese war in der ehemaligen alten Schule auf einem Hügel mit wenigen Häusern untergebracht. Es gab hier weder eine Bar, noch eine Einkaufsmöglichkeit. Das alte Gemäuer war feucht und kalt. Zum Duschen musste ich über den Hof.

Doch welch ein Luxus! Es gab eine Mikrowelle und damit die Möglichkeit, sich eine heiße Tasse Tee zu machen! Die Hospitalera brachte mir einen Fön, damit ich meine Haare trocknen konnte. Dieser wurde anschließend von meinen drei männlichen Mitpilgern zum Trockenblasen ihrer nassen Kleidung missbraucht. Sie stellte uns einen kleinen Heizkörper ins Zimmer, damit die Feuchtigkeit in dem alten Gebäude nicht so durchdringend war. Der verbreitete dann nicht nur Wärme, sondern von den zum Trocknen dazwischen gesteckten Socken auch einen ganz speziellen Geruch! Sie gab uns zusätzliche Wolldecken und bot sich an, zum Supermarkt zu fahren und Vorräte für uns zu besorgen. Mit einigen netten Gesten hatte sie uns den Tag erleichtert.

Als echten Luxus habe ich die wenigen Übernachtungen in den Pensionen erlebt.

Der Weg nach Castro Urdiales führte lange, ermüdende Stunden über geteerte Wege und an Straßen entlang. „Die erste Pension ist unsere!“ Meine Freundin und ich hatten keine große Lust mehr, nochmals drei Kilometer zu der am anderen Ende des Städtchens gelegenen Pilgerherberge zu laufen. Die Pension entpuppte sich als kleine Wellnessoase mit Schwimmbad und Masseur, wunderschönen, sehr individuell eingerichteten, wenn auch etwas hellhörigen Zimmern. Auf unsere Anfrage bekamen wir am Abend ein einfaches Menü zubereitet. Welch ein Genuss!

Selbst wenn die meisten Pensionen überwiegend einfach, manchmal nicht perfekt sauber waren, boten sie doch Ungestörtheit. Die Möglichkeit, seine Habseligkeiten auszubreiten, in aller Ruhe zu duschen und morgens bei Beleuchtung und ohne jemand zu stören seinen Rucksack wieder zu packen. Den Genuss von sauberer Bettwäsche, einem eigenen privaten Raum, die Stille in der Nacht kann nur jemand nachempfinden, der viele Nächte mit vielen anderen Menschen auf engstem Raum in mehr oder weniger sauberen Unterkünften verbracht hat.

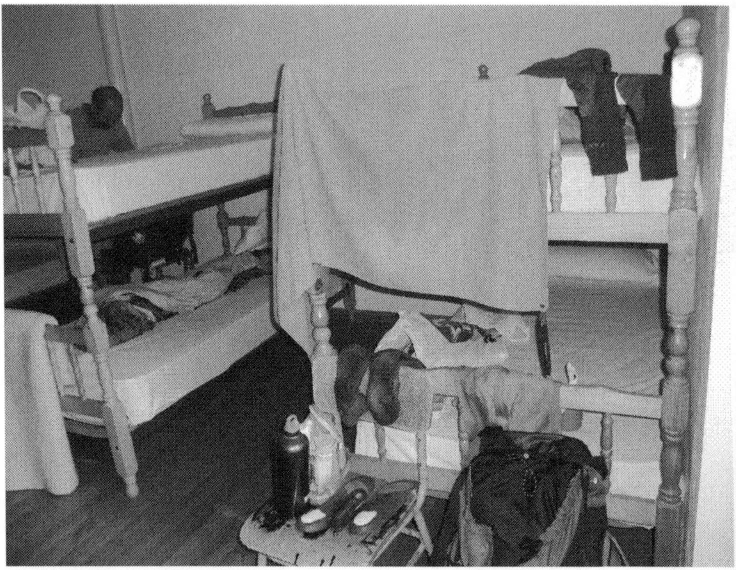

Nicht alle Wege führen nach Santiago ... oder ... Umdrehen will gelernt sein

Wir sind erst wenige Tage unterwegs, als wir vom Kloster Cenarruza aus Richtung Gernika aufbrechen. Nach einem sehr bescheidenen Frühstück – angetrocknetes Weißbrot in Kaffee oder Milch eingeweicht – marschieren wir bei schönstem Wetter gegen 7 Uhr 30 los. Drei Stunden später teilen wir uns die letzten Nüsse aus unserem Vorrat in der Hoffnung, bald auf die in unserem Reiseführer angekündigte Bar zu treffen. Diese existiert leider nicht mehr. Bei einer freundlichen Nachbarin könnten wir Getränke bekommen, aber leider kein Essen. Unser Magen knurrt, die Laune sinkt. Immer wieder passiert es uns, dass wir ohne Vorräte dastehen. Noch haben wir uns auf die spanischen Gegebenheiten nicht eingestellt. Spanien ist viel dünner besiedelt als Deutschland. Sobald man die Küste verlässt, kann man tageweise wandern, ohne an größeren Ortschaften vorbeizukommen. Manche Dörfer entpuppen sich als weit verstreute Gehöfte. Oft gibt es weder einen Bäcker noch sonstige Einkaufsmöglichkeiten. Unsere erste wirklich lange Tagesetappe haben wir mit altem Brot, Obst und Schokolade überstanden. In der Touristeninformation war uns am Tag zuvor ein Faltblatt mit einigen eingezeichneten Trinkwasserbrunnen ausgehändigt worden. Die freundliche junge Frau, die in ihrem Leben vermutlich noch keinen Schritt gewandert war, behauptete, einen Bäcker gäbe es überall, dieser hätte dann auch am Sonntagmorgen auf und an einer Bar kämen wir auch noch vorbei.

Eine Bäckerei gab es weit und breit nicht, wie uns ein Einheimischer unterwegs glaubhaft versicherte, dafür öffne die Bar aber sonntags um 11 Uhr....Wir hatten leider keine Zeit, darauf zwei Stunden zu warten. Brunnen entdeckten wir keine. So machte ich mich bei einer Rast mit unseren Wasserflaschen auf zu einem nahe gelegenen Bauernhof. Ich näherte mich vorsichtig, musste ich doch mit freilaufenden Hunden rechnen. Es schallte mir auch mehrstimmiges, wütendes Gebell entgegen. Ich hatte Glück. Die Hunde waren im Haus. Zaghaft klopfte ich an die Tür. Diese öffnete sich unter unheimlichem Quietschen einen kleinen Spalt, aus diesem blickte mich grimmig und stumm ein Auge an. Die zurechtgelegten spanischen Sätze waren wie weggeblasen. Ich streckte dem Bauern nur meine Flaschen entgegen und stammelte: „¿Agua?“ Er nahm wortlos meine Flaschen, knallte die Tür zu und gab sie mir genauso wortlos kurz darauf gefüllt zurück.

Fliegende Händler versorgen die Menschen in diesen Gebieten. Wenn man Glück hat, gibt es eine Bar, die manchmal gleichzeitig einige Grundnahrungsmittel verkauft. Und mit viel Glück hat diese dann auch noch geöffnet...

Doch jetzt sind wir unterwegs nach Gernika. Der Hunger treibt uns voran, so treffen wir bereits um halb zwölf dort ein. Die erste Bar ist unsere! Dort bestellen wir „Bocadillos con tortilla“, die Brote sind riesig, wir lassen uns die Hälfte einpacken. Tatsuy, ein japanischer Pilger, den wir bereits kennen, kommt ebenfalls dazu. Gemeinsam überlegen wir, an diesem Tag noch zumindest bis zur „Anhöhe von Morga“ weiterzugehen, wie das Zwischenziel in unserem Pilgerführer genannt wird. Dort gibt es 2 Kilometer abseits vom Pilgerweg eine Jugendherberge. Von dort aus könnten wir es dann vielleicht in einer Etappe bis Bilbao schaffen. Da wir nur noch wenige Tage haben, um rechtzeitig für den Rückflug meiner Freundin in Santander anzukommen, sind wir etwas in Zeitdruck.

Doch zunächst lassen wir in der Tourist Info nachfragen, ob in der JH überhaupt noch Betten frei sind und dann müssen wir uns noch Vorräte zulegen. Die nächste Möglichkeit dazu hätten wir erst wieder in Bilbao. Ich kaufe reichlich ein, die Rucksäcke haben deutlich an Gewicht zugenommen, als wir uns in der größten Mittagshitze wieder auf den Weg machen. Es ist heiß und schon 15 Uhr als wir kurz nach Gernika in einem Waldgebiet an einer Wegkreuzung ankommen. Die Freude über den Schatten währt nur kurz, der Pfeil weist uns geradeaus einen steilen Pfad den Berg hinauf. Wir zögern. Schon beim bloßen Gedanken, schwer beladen da hochzusteigen, bricht uns zusätzlicher Schweiß aus. Rechts führt ein asphaltierter Weg in schönem Schwung leicht ansteigend weg. Vielleicht führt dieser ja um den Berg herum und trifft dann wieder auf unseren Camino? Wir fragen eine ältere Spaziergängerin, diese gibt an, Richtung Bilbao müssten wir uns eher links halten, nicht rechts. Wir aber hören lieber auf eine junge Joggerin, die gleichzeitig Musik hört und telefoniert, die uns das bestätigt, was wir so gerne hören möchten. Das nämlich dieser Weg zur Anhöhe von Morga führt. Wir fragen noch mehrfach bei Spaziergängern und Bauern nach, doch niemand scheint die Anhöhe von Morga wirklich zu kennen. Das kommt uns merkwürdig vor, trotzdem folgen wir dem einmal eingeschlagenen Weg. Letztendlich müssen wir auch hier den Berg hochwandern. Oben angekommen, schicken uns zwei Männer wiederum nach links die Verkehrsstraße entlang. Müde trotten wir auf dem heißen Asphalt dahin. Die Stimmung ist auf dem Nullpunkt angekommen. Tatsuy hat die bessere Kondition und läuft weit vor uns, bleibt aber immer in Sichtweite. Ich klemme mich hinter meine Freundin und treibe sie immer weiter. Sie scheint völlig fertig zu sein. Erst am nächsten Tag und nach vielen weiteren Kilometern gesteht sie, dass sie vor Knieschmerzen kaum noch laufen kann. Wir wissen überhaupt nicht mehr, wo wir sind. Soweit wir sehen können, nur Hügel und Wälder. Nach Aussage des Spaniers, den wir zuletzt getroffen haben, sind es mindestens 10 Kilometer bis zur nächsten Ortschaft – más o menos – und es ist schon fast 16 Uhr 30. Die Hoffnung auf einen Bus bleibt vergeblich, es sind Schulferien und sonst fährt auf dieser Strecke keiner. Es ist schon nach 18 Uhr als wir an einer Kreuzung mit einem Landgasthaus vorbei kommen, in dem ein Geburtstag gefeiert wird. Tatsuy erkundigt sich wiederum nach dem Weg und will schon weitergehen, aber ich frage eine junge Frau, ob uns jemand zur Jugendherberge fahren könnte, wir wären völlig erschöpft. Ihr Mann erklärt sich bereit dazu. Es stellt sich heraus, dass er selbst einmal als Radpilger nach Santiago gefahren ist und nur deshalb die Herberge kennt. Bis dahin sind wir mit dem Auto jedoch noch eine gute halbe Stunde unterwegs. Er erklärt uns, dass als „Anhöhe von Morga" keineswegs ein einzelner Hügel, sondern ein mehrere Berge umfassendes, großes Gebiet bezeichnet wird.

Zu Fuß wären wir bestimmt noch einige Stunden in diesem ausgedehnten Wald unterwegs gewesen und ich bezweifle, dass wir die Herberge überhaupt gefunden hätten.

Im Nachhinein wissen wir nicht mehr, warum wir nicht einfach wieder umgedreht und die ein, zwei Kilometer zurückgegangen sind, um den ausgeschilderten Weg zu nehmen. Obwohl uns allen bereits bald klar gewesen sein musste, dass wir auf einem falschen Weg waren, hat keiner den Vorschlag gemacht, zurückzugehen.

Es scheint sehr viel schwerer zu sein, eine Fehlentscheidung einzugestehen, auch wenn die Konsequenzen dieser schwer zu ertragen sind. Irgendwann war es zum Umdrehen einfach zu spät, wir waren – im wahrsten Sinne des Wortes – zu weit gegangen.

Wenn der Weg dich ruft

Die Kraft und Magie dieses Pilgerweges liegt darin, dir erst einmal alle körperliche und mentale Energie zu nehmen – um sie dir dann überreich zurückzugeben. Manche Etappen bergen psychische und physische Grenzerfahrungen. Jenseits von Schmerzen und Erschöpfung öffnen sich die Tore zur Seele. Eine große körperliche, lang andauernde Anstrengung ist immer auch ein mentaler Kraftakt. Denn dein Kopf und dein Geist treiben deinen Körper an, einfach immer weiterzugehen. So wie dein Körper Muskelkater hat, so wie deine Knochen schmerzen, ist auch deine geistig-seelische Kraft erst einmal erschöpft. Die Mauern fallen, die unsere Seele schützen, die Schranken sind weg und die Seele lässt sich anrühren von Kleinigkeiten. Bei einer großen körperlichen Anstrengung vergießt der Körper Schweiß und die Seele Tränen. Die Seele reinigt sich mit Tränen – und Trauer muss dafür nicht der Grund sein. Es ist eine einmalige Möglichkeit, ehrlich zu sich selbst zu sein, sich selbst wahrzunehmen, sich an der Intensität und dem eigenen Gefühlsreichtum zu erfreuen. Zu erleben, dass die Vielfalt der Gefühle wirklich ein Reichtum und keine Schwäche, kein Mangel an Selbstbeherrschung ist. Am Anfang fühlte ich mich oft überwältigt. Meine Gefühle waren lange Jahre wie eine starke Brandung, die heftig an eine Kaimauer schlägt. Oft hatte ich Angst, die Dämme würden brechen und eine Flutwelle würde mich überrollen. Ich habe die Mauer eingerissen und nun schwappen die Wellen weich an Land und glitzern im Sand. Und so wie die wiederkehrende Bewegung die Muskeln stärkt, wird auch die mentale Kraft größer.

Nicht jeder, der auf diesem Weg „unterwegs“ ist, macht dieselben Erfahrungen. Wo für den Einen am selben Tag dieselbe Wegstrecke die totale körperlich-seelische Erschöpfung bedeutet, ist sie für einen Anderen lediglich eine sportliche Herausforderung. Viele sind auch als Langzeitpilger unterwegs, ohne dass man den Eindruck hat, dass sie sich mit sich selbst oder ihren Beweggründen auseinandergesetzt hätten. Sie sind so engstirnig und in ihren Vorurteilen gefangen wie zu Beginn ihrer Reise. So vielfältig und individuell die Motive für eine Pilgerreise auch sein mögen, so macht eine lange Wanderung den Wanderer noch nicht zum Pilger. Ich bin davon überzeugt, dass der Weg jedem das zurückzugeben bereit ist, was man an Kraft investiert. Wer permanent an die Grenzen seiner körperlichen Leistungsfähigkeit geht, wird wahrscheinlich wenig Spiritualität finden. Wer sich wenig Zeit nimmt, dem wird kaum Ruhe gegeben. Wer die Sicherheit einer Gruppe braucht, wird wenig Kraft aus sich selbst schöpfen. Der Weg ist wie die eigene Lebensreise. Jeder gestaltet und erlebt ihn auf seine individuelle Art.

Die Liebe ist der Weg. Und nur die Liebe die uns geschenkt wird, gibt uns die Kraft zu ertragen, dass dieser Lebensweg manchmal steinig und hart ist, dass er uns an unsere Grenzen und in die Irre führt, uns zum Umdenken und Umkehren zwingt. Der Camino lehrt uns, dass es nicht nur den einen, „richtigen“ Weg gibt, sondern dass man manchmal einfach einen eigenen finden muss, ohne zu wissen, wohin er wirklich führt. Manchmal müssen sich Menschen und Wege trennen, um wieder zueinander zu finden. Manchmal muss man einsehen, dass der eigene Weg nicht der richtige ist für einen Menschen, den man liebt. Jeder muss seinen eigenen Weg finden. Und nur die Liebe, die wir empfinden, gibt uns die Kraft dazu. Wir können nur aufzeigen, dass es viele Wege gibt, wir können nur ermutigen und unterstützen. Wir können einem anderen Menschen keine Entscheidung abnehmen und keinen bestimmten Weg aufzwingen. Wir können ihn nur mit unserer Liebe auffangen oder gehen lassen. Wir sollten uns bewusst machen, dass eine einmal eingeschlagene Richtung keine unwiderrufliche Entscheidung ist, sondern dass wir jeden Tag an neuen Kreuzungen stehen. Die Umwege und verkehrten Wege sind diejenigen, aus denen wir lernen, sind diejenigen, die Erlebnisse und Geschichten bergen, an deren Erfahrungen wir wachsen und im wirklichen Leben manchmal zerbrechen. Es ist ein Glück, dass wir unseren eigenen Idealen meist so wenig entsprechen, so können wir immer auf dem Weg zu ihnen sein. Wie schal wäre das Leben, wenn wir immer nur den geraden, den vorgezeichneten Weg gehen würden, wie bitter, wenn wir feststellen, dass er uns nicht zufrieden macht, wie traurig, wenn wir verpassten Gelegenheiten nachtrauern müssten.

Ich möchte jeden ermutigen, die Chancen, die diese Zeit bietet, zu nutzen. Mit vertrauten Gewohnheiten brechen und sich auf Neues einlassen. Einen eigenen Weg suchen, ein paar Stunden Muße, einen Tag alleine gehen. Sich selbst, Gott, den Menschen und einfach dem Weg vertrauen. Sich selbst diese Zeit zu schenken ist das Beste, was man für sich tun kann.

Abschied in Santander...

Unser letzter gemeinsamer Tag. Wir haben in Güemes übernachtet und gehen heute bis Santander. Ernesto, der Herbergsvater, rät den Pilgern, bis dahin nicht dem markierten Jakobsweg zu folgen, sondern im nächsten Dorf einfach Richtung Strand und dann an der imposanten Steilküste entlang bis Santander zu gehen. In den Tagen unserer gemeinsamen Pilgerreise hast du dich meistens meinen Überlegungen einfach angeschlossen, hast Wege und Situationen gemeistert, die dich vielmals über deine Grenzen geführt haben. Du hast knurrend behauptet, dass Herbergen entweder immer oben auf einem Berg liegen, oder aber die nächste Tagesetappe immer mit einem steilen Anstieg oder endlosen Treppen beginnt. Zäh hast du jedem neuen „Drecksberg“ den Kampf angesagt, und häufig genug warst du selbst zum Schimpfen zu müde. Da ich meistens die Wegstrecke ausgesucht hatte, fühlte ich mich für dein Wohlergehen verantwortlich und bezog dein Murren auch auf mich. Heute solltest du unseren Weg bestimmen, wollte ich aus jeder Verantwortung entlassen sein. Verstimmt reagierst du auf diesen Vorschlag, verstehst überhaupt nicht, warum ich mir insgeheim deine Meckereien zu Herzen nehme. Für dich war es einfach deine Art, auf Herausforderungen zu reagieren, sie waren niemals persönlich gemeint. Ich habe lange nicht verstanden wie weit deine Freundschaft wirklich geht, wie unverbrüchlich du an meiner Seite stehst. Keineswegs klaglos hast du meine Entscheidungen mitgetragen, bist knurrend und lachend meinen Weg mit mir gegangen. Nicht aus Angst vor Verantwortung, sondern aus Selbstlosigkeit hast du die Entscheidungen, die meinen Weg betrafen, mir überlassen, hast sie mitgetragen und mitgelitten. Du hast mir in Wirklichkeit niemals Vorwürfe gemacht. Es war mein Weg. Es war mein Traum. Es war deine Entscheidung, mich auf diesem Weg nur zu begleiten. Getragen von deiner Zuneigung zu mir, wärst du mit mir bis ans Ende der Welt gegangen.

Heute pilgern wir entlang der Steilküste. Wir wissen beide, dass du mir zuliebe diesen Weg gewählt hast. Auch dass es dich Überwindung kostet, trotz deiner Höhenangst wenige Meter entfernt und manchmal dicht am Steilhang entlang kilometerweit zu wandern. Doch der Weg ist ansonsten nicht schwierig zu gehen, das Wetter ist optimal, das Rauschen der Brandung begleitet uns. Mühsam ist nur die Strecke durch die Dünen, der puderfeine Sand, der zwischen uns und dem hartgewaschenen Strand liegt. Unbeholfen schwankend rutschen wir über den losen Sand den Abhang hinunter, kämpfen uns zu einem Steg hin, der durch die Dünen führt, aber leider wie eine Sackgasse plötzlich endet. Bis wir endlich den Strand erreichen, an dem das Boot anlegt, das uns nach Santander bringt, bin ich erledigt. Bei der Überfahrt schlafe ich prompt ein und am Abend, dem Vorabend deines Geburtstags und deiner Abreise, zieht es mich schon bald wieder in unsere Pension. Gern hätten wir etwas gefeiert, aber mir fallen schon in der Tapasbar wieder die Augen zu.

Nun sind wir auf dem Weg zum Busbahnhof. Wir haben geplant, dass ich dich zum Flughafen begleite und dann den Bus zurück nehme. Wir wollen noch bei der Bank vorbei und Geld abheben. Als ich den Automat mit meiner Kreditkarte füttere, verschluckt er sie kurzerhand und gibt weder diese noch Geld heraus. Aufgeregt stürmen wir in die Bank. Es stellt sich heraus, dass die Karte automatisch gesperrt wurde, obwohl sie eigentlich noch fast drei Monate gültig ist, weil die Nachfolgekarten schon zugeschickt wurden. Eine Aktivierung ist nicht mehr möglich, das Nachschicken der neuen Karte würde mehrere Tage dauern, die zusätzlich mitgebrachte EC-Karte funktioniert im Ausland nicht. Nun hatte ich noch 6 Wochen vor mir, aber nur noch Geld für wenige Tage. Kurzerhand überlässt du mir ganz selbstverständlich deine Kreditkarte für diese Zeit.

Zum Flughafen kann ich dich jetzt nicht mehr begleiten, wir haben zu viel Zeit in der Bank vertrödelt. Ich bringe dich noch zum Bahnhof und warte bis du abfährst, dann pilgere ich erstmals alleine los.

Das fühlt sich zunächst mal merkwürdig an. Ich brauche einige Zeit, bis ich meinen eigenen Laufrhythmus finde, bis ich das Alleinsein auch genießen kann. Zuerst fehlst du mir ganz einfach. Etwas verloren sitze ich am Abend in einer Pension auf der Terrasse. So allein schmeckt mir weder das Essen noch das Glas Wein. Niemand da, mit dem ich den Tag Revue passieren lassen kann, der mit mir lästert und lacht, Blasen verarztet und über Muskelkater jammert. Ich stelle fest, dass ich an der möglichen Gemeinschaft mit anderen Pilgern in den kommenden Tagen kein Interesse habe. Ganz bewusst entscheide ich mich zum Alleinsein. Doch in Gedanken unterhalte ich mich mit dir, bleibst du immer bei mir, verfolgst meinen Weg auf Karten im Internet, schickst mir sms-Nachrichten, bist mit meiner Familie in engem Kontakt.

In den Tagen danach bin ich manchmal froh, dass ich meine Wegentscheidungen nur für mich treffen kann und sie aber auch alleine ausbaden muss. Ich ertappe mich dabei, dass ich mir grinsend das Knurren von Frau Werwolf vorstelle, wenn der Weg mal wieder besonders steil oder unbequem zu gehen ist. Du leidest mit mir. Du freust dich für mich. Ich spüre, du bist die ganze Zeit an meiner Seite.

Du bist meine Seelenfreundin, und eines Tages werden wir einen gemeinsamen Weg bis nach Santiago gehen.

I´m walking in the rain...

Nach dem ersten Tag in zweistündigem Regen habe ich mir eine vernünftige Regenjacke gekauft...Diese und der integrierte Überzug für meinen Rucksack sollten wohl allen Widrigkeiten trotzen. Weit gefehlt!!! Wenige Tage später startete ich meinen Pilgertag in sintflutartigem Regen. Ich war mit Roger, meinem Pilgerbruder, zum Abschiedsfrühstück in einem Café gewesen. Als wir losmarschierten, begann es heftig zu regnen. „Der Himmel weint, weil wir uns trennen müssen“, scherzte ich. Doch es waren mehr als ein paar Krokodilstränen, die da vergossen wurden. In kürzester Zeit war ich komplett durchnässt. Jacke und Überzug hielten diesen Wassermassen nicht stand. Das Wasser floss mir zwischen Rücken und Rucksack hindurch. Die Straße verwandelte sich in einen reißenden Bach. Die Abwasserkanäle konnten die Regenmenge nicht mehr aufnehmen. Ich flüchtete vom Supermarkt zur nächsten offenen Bar. Einige Pilger hatten sich dort unter eine Markise gestellt. Die Besitzerin war darüber nicht sehr erfreut. Die Flüchtlinge verzehrten nichts, machten aber rege von der Toilette Gebrauch und schleppten Schlamm und Schmutz durch das frischgeputzte Lokal. Sie pflasterte deshalb den Weg dahin mit alten Zeitungen. Da der Regen über Stunden anhielt, brachte auch das Unterstellen nichts. Die Möglichkeit, einen Bus zu nehmen, scheiterte an meinem Wunsch, die Strecke wirklich zu gehen – und an meiner Dickköpfigkeit! Nach vielen Stunden und ca. 18 Kilometern endlich die kleine Pension, die mir zuvor empfohlen worden war. Ich kann mich nicht erinnern, jemals so nass gewesen zu sein.

Wasser steht in den Schuhen, die Polster des Rucksackes vollgesogen, selbst die Geldscheine in meiner Börse in der Bauchtasche unter meiner Jacke komplett nass!!! Im Rucksack ist nur die Schmutzwäsche in der separaten Plastiktüte trocken geblieben. Sogar die Haut an meinem Hintern ist runzlig wie Waschfrauenhände! Im Zimmer gibt es keine Heizung und somit keine Möglichkeit, Kleidung, Schuhe oder Rucksack auch nur halbwegs zu trocknen.

Am nächsten Tag erstehe ich in einer „Ferreteria“, dem unglaublichsten Gemischtwarenladen aller Zeiten – einen Regenumhang. Genau hinter der Eingangstür bleibe ich stehen – mehr Bewegungsfreiheit bietet das Geschäft nicht – und äußere meinen Wunsch. Zielsicher steigt die Inhaberin über Körbe mit Bohnen, Lebensmitteln, Geschirr und sonstigen Utensilien und verschwindet in den Tiefen des Universums zwischen zwei Regalen, aus denen sie mit einer Schachtel mit Regenjacken und einem blauen Umhang wieder auftaucht. Für 3.- Euro werde ich stolze Besitzerin desselben. Dieser ist etwas kurz geraten und ich sehe wohl aus wie Quasimodo in einer Mülltüte. Dafür verhindert der Umhang den Wasserfluss zwischen Rücken und Rucksack und sichert mir zumindest einen trockenen Hintern. Eine Wäscheklammer unterm Kinn um die übergroße Kapuze zu regulieren vervollständigt das modische Outfit.

Nahezu 10 Tage war ich bei mehr oder weniger starkem Regen unterwegs. Ein Problem war die Tatsache, dass nichts mehr trocken wurde. Die getragene Kleidung war nass, die am Abend ausgewaschene wurde über Nacht nicht trocken. Von Schuhen und Jacken gar nicht zu reden. Morgens in feuchte Kleidung zu schlüpfen und guten Mutes in einen regnerischen Tag zu starten ist nicht nur ein gesundheitliches – sonder vor allem auch ein mentales Problem. An Regentagen in einsamen Gegenden verkürzt sich die Tagesetappe zwangsweise. Keine Möglichkeit, sich für eine Pause irgendwohin zu setzen, keine Bar für eine kleine Rast. Nach wenigen Tagen waren die angegebenen Pilgerwege nicht mehr passierbar. Wege standen durchgehend wadenhoch unter Wasser, hatten sich in Schlammlöchern aufgelöst, durch das nasse Erdreich entwurzelte Bäume versperrten den Durchgang, von Anhöhen floss es einem in Sturzbächen entgegen. Oft blieb nur die Möglichkeit, sich ohne entsprechende Karten über kleine Landstraßen durchzuschlagen – bis auch diese in den Fluten ertranken. Erstmals in meinem Leben habe ich die Folgen von Überschwemmungen direkt erlebt und gesehen, wie Menschen mit Schaufeln meterhohen Schlamm aus ihren Wohnzimmern räumten. Trotz diesen persönlichen Tragödien waren sie freundlich und haben mir passierbare Umwege genannt. Diese Bilder werde ich nie vergessen.

Von Einsamkeit und Alleinsein

Du hast mich heute gefragt, ob ich nicht einsam sei. Das bin ich nicht. Denn ich bin ganz bei mir und ihr seid ganz bei mir. Ich denke oft an euch. Vieles unterwegs sehe ich mit euren Augen, erinnere mich an eure Vorlieben und Abneigungen. Manchen Augenblick und manche Erlebnisse würde ich gern mit euch teilen. Ich fühle mich euch näher als manchmal im Alltag. Die Menschen, die ich am meisten liebe, fehlen mir nicht. Sie sind bei mir. Meine Seele und mein Denken sind erfüllt von ihnen.

Ich bin nicht einsam. Ich bin allein, und das bin ich im Moment sehr gern. Oft treffe ich unterwegs keinen anderen Pilger, übernachte auch in den Herbergen allein. Es ist eine sehr intensive Zeit mit mir selbst. Für jede kleine oder große Entscheidung trage nur ich die Verantwortung und auch die Konsequenzen. Ich empfinde es als Freiheit, keine Absprachen treffen, keine Rücksichten nehmen zu müssen. Es gibt niemand, auf den ich achten muss, niemand für dessen Wohlergehen ich verantwortlich bin. Zum allerersten Mal in meinem Leben kann ich mich ganz auf mich konzentrieren. Es geht mir gut, so ganz allein mit mir selbst. Ich lebe mein eigenes Tempo. Beim Aufstehen, Laufen, Essen. Bleibe stehen, um Kleinigkeiten oder großartige Aussichten zu genießen. Entscheide für mich, welchen Weg ich einschlage und kann nur mich selbst anknurren, wenn mir meine Wahl einige Kilometer Umweg einträgt. Ich lerne wieder, auf mein Gefühl zu achten und keine Angst vor Fehlentscheidungen zu haben. Es gibt niemand, der mich dafür zur Rechenschaft ziehen könnte. Ich lerne aus meinen Fehlern, lerne umzukehren und einen neuen Weg zu suchen, lerne, dass keine Entscheidung unwiderruflich ist. Ich vertraue mir und erlebe eine große Gelassenheit im Umgang mit mir selbst. Jeder Schritt – auch in die falsche Richtung – bringt mich näher zu mir. Ich empfinde eine große Kraft und Zuversicht. Ich muss nicht perfekt sein. Es gibt keine Angst, zu versagen. Jeder Tag hält ein gutes Ende für mich bereit. Davon bin ich überzeugt. Auch wenn ich manchmal müde und erschöpft bin, fühle ich mich nie wirklich am Ende meiner Kräfte. Wir können so viel mehr aushalten, als wir uns selbst zutrauen!

Ich erlebe viele kleine Freiheiten in diesen Tagen des Alleinpilgerns. Im Alltag wird so viel Selbstbeherrschung von uns erwartet. Wir schämen uns für unpassende Gefühlsausbrüche, schlucken Worte, die uns auf der Zunge liegen, sprechen Gedanken nicht aus. Wir sind selten wirklich wir selbst, meist tragen wir die Maske dessen, was wir sein möchten oder verkörpern die Person, für die andere uns halten. Die Meinung unserer Mitmenschen ist uns über die Maßen wichtig. Wir verlieren uns selbst bei dem Versuch, einen guten Eindruck zu hinterlassen.

Lange Jahre habe ich meine Gefühle als Schwachstelle erlebt. Sie waren die Achillesferse in meinem Panzer. Durch sie war ich immer verletzlich. Also habe ich versucht, eine Mauer um meine Seele zu bauen, um sie zu schützen. Ich habe Gefühle unterdrückt und Gleichgültigkeit vorgetäuscht. Mein inneres Wesen war wie erstarrt, ich hatte das Gefühl, zu ersticken. Meine Lebensfreude und mein Lachen hatte ich beinahe ganz verloren. Ich habe lange gebraucht, um diese Mauer Stein für Stein wieder zu lockern und zu erkennen, dass meine Fähigkeit zu fühlen und diese Gefühle auch zu zeigen, mich stark und reich macht.

Nun bin ich alleine und durch nichts mehr gezwungen, Gefühlsäußerungen zu kontrollieren. Kleinigkeiten bringen mich zum Weinen, Erinnerungen, selbst liebevolle Gedanken, wahre Worte in einem Lied oder Gebet, ein nettes Wort oder eine Geste rühren mich zutiefst. Und ich lasse mich anrühren, lasse die Tränen zu. Es ist niemand da, der das peinlich findet und ich habe keinen Grund, mich zu schämen. Das Erstaunliche geschieht, der innere Druck lässt nach, meine Seele atmet auf, die Tränen werden seltener und ich fühle Erleichterung und gelassene Freude. Im Lauf der Zeit werden die Gefühlsausbrüche weniger, der Vulkan ist nur noch ein schöner Berg, die Eruptionen werden seltener, die frohe Ruhe bleibt.

Ich glaube, manche Menschen haben Angst vor dem Alleinsein, weil sie nicht wissen, ob sie es mit sich alleine aushalten können. Es mag sein, dass sie auch nicht wissen, wie sie mit sich selbst umgehen sollen. Angst vor Schwächen, ein mangelndes Selbst-Bewusstsein, die Notwendigkeit, Verantwortung für sich zu übernehmen, überfordert sie vielleicht. Es ist nicht einfach, zu ertragen, sich selbst ins Auge und ins Herz zu sehen. Das Alleinsein wird zur Einsamkeit, wenn man seine Gefühle nicht aushalten kann. Doch es nützt nichts, vor ihnen wegzulaufen. Das Zulassen von Gefühlen hat nichts mit Kontrollverlust oder Schwäche zu tun. Liebe und Abneigung, Freude und Trauer, Angst vor Ablehnung und die Erfüllung in der Hinwendung zu einem anderen Menschen machen unser Seelenleben reich. Wir sind alle zu sehr auf Äußerlichkeiten bedacht. Es zählt der

schöne Schein. Wir leben wie jemand, der
außen blankpoliert und innen alles verkom
lange wir nicht bereit sind, diese Reise in un
zutreten, leben wir nur ein halbes Leben. D
Gefühle und Ängste brechen sich irgendwann eine Bahn.

Wenn wir dem Schneesturm in unserer Seele keine Beachtung schenken, wird unser Körper erfrieren.

ndeflüsterer

Dass die Spanier Hunde nicht mögen, scheint ein Vorurteil. Tatsächlich habe ich den Eindruck, dass jeder mindestens einen hat. In den Städten geht man mit ihnen spazieren, wie in Deutschland auch. Auf dem Land trifft man definitiv mehr Hunde als Menschen. Dort werden sie meist angeleint an Haus oder Hof gehalten oder bewachen selbst in weitab gelegenen Gegenden vollkommen einsam halbzerfallene Schuppen. Ihre einzige Unterhaltung besteht darin, vorüberkommende Pilger kräftig zu verbellen. Sie sind häufig mager, ungepflegt und verteidigen aggressiv ihr Territorium. Ich habe zu Hunden ein neutrales Verhältnis, kenne mich in ihrer Körpersprache etwas aus, suche keinen Kontakt, habe aber auch keine Angst vor ihnen.

Zwischenzeitlich bevorzuge ich – zumindest in Spanien – die angeleinte Variante.

Den ersten ernstgemeinten Angriff erlebte ich in einem abgelegenen Dorf auf dem wenig begangenen Camino de Lebaniego. Eine kniehohe Promenadenmischung schlüpfte durch ein Loch im Zaun und versuchte hartnäckig, mir in die Waden zu beißen. Er ließ sich weder durch wütende Rufe noch Stockhiebe wirklich vertreiben, hielt sich nur außer Reichweite. Die Besitzerin, durch den Lärm aus dem Haus gelockt, konnte oder wollte dem Treiben keinen Einhalt gebieten. Der Hund blieb mir im wahrsten Sinne des Wortes mehrere Hundert Meter auf den Fersen. Die Straße wie geputzt, weit und breit noch nicht einmal ein Kieselstein, den ich nach dem Köter werfen könnte. Bei der ersten Gelegenheit halte ich an und krame ganz unten aus dem Rucksack ein Pfefferspray, das ich auf Wunsch meiner Familie eingepackt hatte. Ich packe es griffbereit in meine Bauchtasche, wild entschlossen, es bei passender Gelegenheit auch wirklich anzuwenden.

Diese ergäbe sich etliche Tage später. Es ist mein 50. Geburtstag. Viele Tage bin ich schon bei Regen unterwegs, komme durch überschwemmte Gebiete, treffe tagelang keinen anderen Pilger. Auf dem Weg nach Oviedo wandere ich auf einer kleinen Nebenstraße, wenige Häuser mit weitläufigen Gärten. Auf einer relativ hohen Mauer lauert ein Schäferhundmischling, der mich wütend anbellt. Unbeirrt und ohne ihn anzusehen versuche ich auf der Straßenmitte vorbeizugehen. Hinter der daran entlangführenden Hecke bellt ein zweiter Hund wie rasend, als der erste herabspringt und auf mich losgeht! Das Pfefferspray befindet sich an diesem Tag erstmals seit der vorigen Erfahrung wieder unerreichbar im Rucksack. Es bleibt mir nichts anderes übrig, als mich mit Schreien und Stockschlägen zu verteidigen. Der Hund springt zurück auf die Mauer – und greift sofort wieder an, wenn ich versuche, weiterzugehen. Wenn der zweite Hund ebenfalls über die Mauer kommt, habe ich wirklich schlechte Karten. Dieser Gedanke veranlasst mich dazu, dem Hund nachzusetzen und nach ihm zu schlagen als er oben auf der Mauer lauert. Er springt zurück in den Garten. Beide Hunde gebärden sich wie tollwütig hinter der Hecke. Mein Herz rast, ich bin nassgeschwitzt und suche das Weite.

Kein anderer Pilger mit dem ich gesprochen habe, hat ähnliche Erfahrungen gemacht. Möglicherweise ist ein Grund, dass die meisten Pilger zu zweit oder in Gruppen gehen und so von Hunden als Rudel wahrgenommen werden, was Angriffe eher verhindert. Möglicherweise ist es aber auch eine persönliche Angelegenheit: Laut Erklärung meiner Pilgertochter hatte Paul Coelho bei seiner Pilgerreise das gleiche Problem. Sein Meister sah in den Hunden das eigene dunkle Ich, das in jedem von uns schlummert und mit dem wir uns auseinandersetzen müssen. Sie prophezeite mir, das die Anzahl und die Größe der Hunde die mich angreifen würden, zunehmen würde. (Womit sie fatalerweise recht behielt!) Ich sollte mich mental mit den Hunden auseinandersetzen, eigene Aggressivität vermeiden. Ich war mir nicht ganz sicher, ob ich spanische Hunde mit der Kraft meiner mentalen deutschen Gedanken beruhigen könnte, aber ich wollte es versuchen. Das Pfefferspray ließ ich irgendwann im Rucksack. Bald merkte ich, dass das Schwingen und Klacken meiner Wanderstöcke auf Asphalt von den Tieren als Aggression oder Angriff gewertet wird. Also hielt ich diese still und versuchte beruhigend murmelnd meines Weges zu gehen, sobald ich auf Hunde traf. Ich fühlte mich bald als Hundeflüsterin. Auf dem selten begangenen Weg vom Camino Primitivo zum Camino del Norte hatte ich noch mehrere Begegnungen mit Hunden, ganze Rudel, die sich mir beim Durchqueren abgelegener Dörfer an die Fersen hefteten und mich fremden Eindringling heftig bellend zu vertreiben suchten. Ich erinnere mich an eine Meute von bestimmt zwanzig größeren Hunden, die auf einem nicht eingezäunten Grundstück frei umherliefen. Gerade als die Ersten bellend auf mich zukamen und mir bereits der Angstschweiß ausbrechen wollte, wurden sie durch den aus dem Haus tretenden Besitzer abgelenkt. Ich grüßte ihn laut und freundlich, damit er mich auch bestimmt bemerkte und gegebenenfalls seine Hunde bändigen könnte. So kam ich unbeschadet vorbei, nur um nach wenigen hundert Metern vom nächsten Rudel gestellt zu werden. Diesmal waren es etwas weniger Tiere und auch nur halb so große, das Gekläff und Geknurre war jedoch laut genug, um zu meinem Glück die Besitzerin aus der Tür zu locken, die die Hunde zurückrief.

Obwohl sich mir bis zum Ende meiner Wanderung im wahrsten Sinne die Haare zu Berge stellten und Adrenalin durch meinen Körper schoss, sobald ich einen Hund nur bellen hörte, erlebte ich auch Situationen, in denen ich einsame Hunde minutenlang streicheln musste, bevor ich weitergehen konnte. Einmal kam ich frohgemut und singend meines Weges, als ein Hund, groß und tapsig wie ein Bär, unvermittelt aus dem Garten eines abgelegenen Hauses auf mich zusprang. Ich erstarrte zur Salzsäule, er beschnüffelte intensiv Schuhe und Hosen, besabberte diese und meine Hände dann äußerst feucht und drückte sich an meine Beine, damit ich ihn ausgiebig streichelte. Ein anderes Mal hatte ich mich mehrere Kilometer verlaufen. Die Straße führte an einzelnen, einsamen Bauernhöfen vorbei. Ich schwankte zwischen der Notwendigkeit, nach dem richtigen Weg zu fragen und meiner Furcht vor unliebsamem Zusammentreffen mit nicht angeketteten Hofhunden. Erst das dritte Haus schien überhaupt bewohnt zu sein, zumindest hingen Gardinen an den Fenstern und junge Katzen spielten vor der Scheune. Kein Hund zu sehen. Ich näherte mich vorsichtig der Haustür und hatte den Finger noch nicht auf dem Klingelknopf, als ein Schäferhund aus der Scheune gerannt kam und mich an der Treppe stellte. Er sprang mich an, ich wollte schon nach ihm schlagen aber er versuchte nur, mein Gesicht abzulecken. Es war noch ein junges Tier, das offensichtlich sehr einsam und sehr froh war, überhaupt einen Menschen zu sehen. Eine Auskunft bekam ich nicht, der Hund dafür seine geforderten Streicheleinheiten und ich konnte unbeschadet meinen Weg fortsetzen.

Entgegen landläufiger Meinung stellten streunende Hunde, die von einem Dorf zum anderen unterwegs waren, nie eine Bedrohung dar. Diese wechselten die Straßenseite, sobald sie mich sahen und trotteten ihrerseits möglichst unauffällig vorbei.

Bilder zu *I´m walking in the rain, Valdedios* und *Stunde um Stunde, Schritt für Schritt*
http://www.verlag-waldkirch.de/pics/Jakobsweg3.pdf

Valdedios

Bin schon kurz nach 12 Uhr im Kloster Santa Maria de Valdedios angekommen. Es liegt einsam und etwas abseits des offiziellen Pilgerweges in einem ausgedehnten Waldgebiet. Nur eine kleine Bar befindet sich gegenüber. Die Herberge ist offen und so quartiere ich mich einfach ein und mache erst mal große Wäsche. Die Sonne kämpft gegen die Regenwolken an und ich stelle den Wäscheständer in den Innenhof des Klosters. Ein ungewöhnlicher Anblick. Ich bin alleine hier und es sieht nicht so aus, als ob sich das noch ändern würde. Leider findet heute Abend keine Andacht mehr statt, es ist Montag und die Mönche haben ihren freien Tag. Auch die Kirche ist zugeschlossen. Der Pater, bei dem ich mich am späten Nachmittag anmelde, spürt meine Enttäuschung und bietet mir an, mich am frühen Abend abzuholen und mir die Kirche und das Kloster zu zeigen. Er hält Wort und holt mich zu einer Privatführung ab. Er zeigt mir Kirche und Sakristei, in der wegen Renovierungsarbeiten an der Kapelle mittelalterliche Heiligenstatuen aufbewahrt werden. Er nimmt mich mit in den für die Öffentlichkeit eigentlich nicht zugänglichen inneren Bereich des Klosters und zeigt mir den dreistöckigen Kreuzgang und weitere Räume. Er erzählt über die Geschichte des Klosters und die jungen, südamerikanischen Mönche, die heute hier leben und ausgebildet werden. Ich spüre Kraft und Ruhe in diesen Mauern, ein Ort voll Wissen und Besinnlichkeit. Vergangenheit und Neuzeit treffen sich hier scheinbar ohne Widerspruch. Hier würde ich gerne länger bleiben. Obwohl meine Spanischkenntnisse nicht ausreichen, um jedes Detail tatsächlich zu verstehen, bin ich gerührt über die Mühe, die er sich gibt. Ich versuche mein Bedauern darüber auszudrücken, dass am Abend keine Andacht mehr stattfindet und verwende, da mir das passende Wort nicht einfällt den Begriff „la misa“. Er fragt mich, ob ich denn gern am nächsten Morgen an einer Messe teilnehmen würde. Erfreut stimme ich zu und so holt er mich und einen Pilger, der am späten Abend doch noch eingetroffen ist, am nächsten Morgen kurz vor 7 Uhr ab. Er nimmt uns mit in den internen Bereich und bringt uns in das Andachtszimmer der Mönche. Der kleine Raum wird nur schwach von flackernden Kerzen erhellt. Die Mönche sitzen, knien oder liegen mit ausgebreiteten Armen auf dem Boden und meditieren. Wir setzen uns still dazwischen auf eine Bank. Alles ist ruhig, eine friedliche, unglaublich intensive, für mich fast unwirkliche Atmosphäre. Allmählich fällt meine innere Anspannung von mir ab. Es tut gut, hier still zu sitzen, einfach nur da, ganz in Ruhe zu sein. Nach einer halben Stunde ist die Meditation beendet und die Mönche beginnen, Psalmen zu singen. Wir bekommen Bücher und werden aufgefordert, mitzusingen. Mit kratzigen, unsicheren Stimmen versuchen wir in die fremd klingenden, spanischen Lieder einzustimmen. Wir spüren, wir stören nicht, wir sind willkommen! Danach verlassen alle Mönche den Raum. Unser Pater bittet uns, uns in die erste Reihe zu setzen. Erstaunt beobachte ich, dass er Vorbereitungen für eine Messe trifft. Aber die Mönche kehren nicht zu uns zurück. Nur ein Priester im Messgewand betritt den Raum, fragt nach unseren Namen, unserem Ziel und ob wir etwas Spanisch verstehen. Unser Pater übernimmt die Aufgaben des Messdieners. Ich kann es kaum glauben. Nur mit uns wird an diesem Morgen extra eine Messe gefeiert. Mit einfachen Worten spricht der Priester über den Weg, der vor uns liegt. Der ein Symbol ist für den Weg, den wir im Leben gehen. Die Liebe ist der Weg und Jesus ist die Liebe. „Yo soy el camino" – „Ich bin der Weg" – diese Inschrift ist mir ein paar Tage zuvor an einer Christusfigur begegnet.

Der Priester lässt uns niederknien, spricht uns mit Namen an, dann segnet er uns und unseren Pilgerweg.

Zum ersten Mal während meiner Pilgerreise fühle ich mich als Pilger wahrgenommen, fühle mich ernstgenommen auch in meiner spirituellen Suche. Valdedios ist mein persönliches Santiago. Mein Herz ist hier bereits am Ziel.

Stunde um Stunde, Schritt für Schritt

Pilgerwege sind nicht immer Wanderwege, nicht immer gut zu gehen, nicht immer landschaftlich reizvoll. Pilgerwege dienen nur dem Ziel, nach Santiago zu kommen. Schon seit Jahrhunderten orientieren sie sich nur daran, auf welchen Strecken Möglichkeiten für Unterkunft, Verpflegung und vielleicht medizinische Versorgung angeboten werden. Lange Jahre zogen sie sich von Kloster zu Kloster durchs Land. Mit den religiösen, gesellschaftlichen und örtlichen Gegebenheiten änderten sich auch die Routen.

Heute unterhalten viele Gemeinden eine Herberge, die regionalen Jakobusgesellschaften markieren mehr oder weniger ausreichend Wege zwischen den einzelnen Etappen, und legen diese als den „Camino“ fest.

Die Hintergründe und Überlegungen für diese Entscheidungen erschließen sich dem heutigen Pilger nicht unbedingt. Und so ist der Weg so vielfältig wie die Menschen, die ihn bestimmt haben. Er führt an stark befahrenen Verkehrsstraßen entlang, ohne erkennbaren Seitenstreifen. Er verläuft quer über Wiesen oder unwegsame Bergpfade und lässt dich zum Spurenleser werden. Er führt dich durch Großstädte, verruchte Bahnhofsviertel, triste Industrieanlagen und angehende Müllhalden, um sich später in dünn besiedelten Waldgebieten und absoluter Einsamkeit zu verlieren. Er führt dich hoch hinauf an die Steilküste oder auf einen Bergrücken, belohnt dich mit sagenhaften Aussichten und nur die Gewissheit, gleich wieder hinab und danach wieder hinaufsteigen zu müssen, mag dein Vergnügen trüben. Er führt stundenlang auf eintönigen Landstraßen dahin, bis deine Fußsohlen durch den harten, vielleicht durch die Sonne erhitzten Asphalt zu brennen beginnen, du jeden Schritt in den Gelenken und im Rücken spürst. Dann gehst du auf altertümlichem Pflaster, grober als jeder Kopfsteinbelag, das wirklich schon seit Jahrhunderten als Pilgerweg dient, jeden Schritt achtend, damit du dir nicht die Füße brichst. Du kommst durch dicht bewachsene Hohlwege, die auch in der Mittagshitze Schatten spenden oder bist lange Stunden der Sonne oder dem Regen ausgesetzt auf Feldwegen unterwegs. Es lockt dich der Weg den Strand entlang, wo das Wasser bei Ebbe einen festen Untergrund zurückgelassen hat. Doch zuvor kämpfst du dich schwer beladen mit schmerzenden Waden ob der Anstrengung durch pulverfeinen Sand. Achtsam weichst du Wasserpfützen aus, um irgendwann resigniert einzusehen, dass der Weg sich in ein einheitliches, knöcheltiefes Schlammbad verwandelt hat, dem deine Schuhe nicht entkommen können.

Tag für Tag, Stunde um Stunde und Schritt für Schritt wanderst du auf diesen Wegen deinem Ziel entgegen. Manchmal leichten Fußes und guten Mutes, dann bist du sicher, dass es eine gute Entscheidung war, zu dieser Reise aufzubrechen. Dann wieder, wenn der Tag lang, der Weg schlecht zu gehen ist, deine Muskeln müde sind und sich die Blasen an deinen Füßen wie von selbst vermehren, magst du an dir selbst zweifeln. Doch irgendwann kommst du an den Punkt, an dem du aufhörst, dir diese Fragen zu stellen. Es mag viele Tage oder Wochen dauern, dann ist es soweit. Du gehst einfach. Gehst einfach immer weiter. Nur das Gehen zählt noch, alles andere ist unwichtig. Du gehst, so wie du atmest. Ohne Denken, ohne Überlegung finden deine

Füße wie Schlafwandler den Weg. Deinen Rucksack spürst du nicht mehr, er scheint mit dir verwachsen. Du wirst eins mit diesem Weg, eins mit all den Menschen, die ihn vor dir gegangen sind. Folgst ihren Schritten, hinterlässt deine Spuren. In diesem Gehen findest du alle Freiheit, alle Gelassenheit. Die Sehnsucht, die Getriebenheit weichen der inneren Ruhe und einem sanften Glücksgefühl. Es ist die Erfüllung, nach der du in deinem Leben vielleicht schon lange gesucht hast. Übrig bleibt nur der Wunsch, so immer weiterzugehen. Die Magie des Weges hat von dir Besitz ergriffen.

Geburtstag

Diesen Tag, dieser doch etwas besondere Tag, meinen 50. Geburtstag, werde ich so schnell nicht vergessen. Am Abend zuvor war ich in der neuen Herberge von Pola Siegro während eines Unwetters mit Wolkenbruch angekommen. Ich war, wie schon so oft, die einzige Pilgerin und darüber hinaus eine der ersten, die diese Unterkunft in Anspruch nahm. Es gab zwei Hospitaleros, die überaus nett und um mein Wohlergehen bemüht waren. Sie waren ganz stolz auf ihre neue Herberge, hatten schon viele Kilometer zuvor Flugblätter aufgehängt und in Abständen von wenigen Metern überall Richtungspfeile aufgemalt, damit man auch ganz bestimmt nicht vorbeigeht. Flugs wurden noch drei Freunde herbeigerufen, die schon einmal in Deutschland waren, vielleicht auch nur einen kannten, der schon einmal dort war und sich zumindest an einige deutsche Wörter erinnerten oder eben auch schon Pilgererfahrung hatten. Die fünf Spanier ließen sich begeistert von meiner Pilgerreise berichten, gemeinsam planten sie alle weiteren Etappen bis Santiago für mich, vergaßen auch nicht, Einzelheiten wie nicht so schöne Unterkünfte oder fehlende Verpflegungsmöglichkeiten zu erwähnen, und übergaben mir dann eine detaillierte Streckenbeschreibung. Als sie eben daran gingen, die Wahl des Lokals für ein Abendessen und das Programm für den weiteren Abend zu planen, musste ich sie in ihrem Überschwang dann doch etwas bremsen. Stand ich doch schon seit einer Stunde nass wie eine Katze, leise fröstelnd und vor mich hin triefend am Empfang und bedurfte dringend einer warmen Dusche und einiger hoffentlich noch trockenen Kleider. Mein blauer Regenumhang hatte in den letzten Tagen beim Durchschlüpfen unter umgestürzten Bäumen und Gebüsch sehr gelitten und hielt nicht mehr wirklich dicht.

Die Herberge war sehr schön und großzügig eingerichtet, Feinheiten wie eine Waschmaschine oder gar ein Trockner fehlten allerdings noch. Dafür hatte der verantwortliche Architekt aus Beständen des früher an diesem Platz stehenden Gebäudes schmale Äste zur Errichtung einer Trennwand wiederverwendet. Optisch sehr ansprechend und mit einer weiß-grauen Patina überzogen. Selbst im davon am weitesten entfernten Bett und der feuchten Kälte trotzend, die durch die weit geöffneten Balkontüren ins Zimmer drang, konnte ich den modrigen Schimmel riechen. Der beständige Niesreiz zwang mich dann dazu, im separaten Behindertenzimmer für diese Nacht Zuflucht zu suchen.

Der nächste Tag begann wie so viele zuvor mit Nieselregen. Der Hospitalero riet mir dringend, den Bus nach Oviedo zu nehmen, das Wetter werde sich nicht bessern. Der mir eigene Dickkopf schlug diesen wohlmeinenden Rat jedoch aus und ich begann, auf zum Glück asphaltierten Nebenstraßen, meinen Camino. Der Weg bot an diesem Tag keine erfreulichen Erlebnisse. Ich wanderte durch ein Überschwemmungsgebiet, aus dem nahen Fluss war ein kilometerlanger See geworden, Bäume und Wiesen unter Wasser, eine Schafherde, die sich in der letzten wasserfreien Ecke ihrer Weide dicht zusammendrängte. Der wütende Angriff eines Hundes, der dafür sorgte, dass ich nun auch unter der Regenkleidung schweißnass war und Adrenalin durch meinen Körper tobte. Kurz danach führte die Straße in eine Senke und nach ca. 50 Metern wieder leicht bergauf. Die Senke war komplett überflutet, rechts und links nur Wasser, soweit man sehen konnte. Ein Autofahrer hatte am Straßenrand angehalten und betrachtete die Situation. Ich hegte die leise Hoffnung, diesen kleinen See fahrenderweise überqueren zu können, doch er ignorierte mich geflissentlich. Umkehren und nochmal an den Hunden vorbeizugehen, kam überhaupt nicht in Frage. Die Strömung schien nur schwach zu sein, also tastete ich mich ungefähr in der Straßenmitte zur gegenüberliegenden Seite. Auf das Schuheausziehen kam es nun nicht mehr an, die waren eh seit Tagen nass. Das Wasser reichte mir bis zur Wadenmitte. Kaum auf der anderen Straßenseite angekommen, folgte mir der nun mutig gewordene Autofahrer, der meinen Vormarsch interessiert beobachtet hatte, trockenen Fußes in seinem Fahrzeug. Na danke!

Am Stadtrand von Oviedo dann angekommen, musste letztendlich auch mein Dickkopf einsehen, dass ich wohl doch einen Bus suchen müsste. Der Camino führte nämlich genau Richtung Fluss an einem Haus vorbei, das bereits teilweise unter Wasser stand. Die Hundehütte samt angekettetem Hund war ebenfalls schon fast geflutet. Aus einem der oberen Fenster besah sich eine Frau die Bescherung.

Ich folgte einer vielbefahrenen Straße in ein Industriegebiet und rettete mich zunächst in eine Raststätte. Ich hatte keinen trockenen Faden mehr am Leib und nicht mehr wirklich bessere Ersatzkleidung. Auf Nachfragen erfuhr ich, dass nur noch die von Lastwagen stark befahrene Bundesstraße oder wahlweise die Autobahn überschwemmungsfrei seien. (Später habe ich mit Mitpilgern gesprochen, die wirklich abschnittsweise auf dem Standstreifen der Autobahn gewandert sind). Ich hatte keine wirkliche Wahl mehr, eher das Glück, dass vor der Raststätte eine Haltestelle war und kurz darauf ein Bus vorfuhr, der mich zum Bahnhof brachte.

Von dort aus machte ich mich auf die Suche nach einer Pension. Wenigstens heute wollte ich mir eine schöne Unterkunft gönnen. Doch einige der für mich wegen der Innenstadtnähe in Frage kommenden waren entweder belegt oder schlicht zu teuer. Schließlich landete ich bei einem älteren Ehepaar, das in seiner Etagenwohnung einige Zimmer vermietete. Um zu diesen zu gelangen, musste ich ihre kleine Wohn- und Essecke durchqueren. Dort hielten sich die älteren Herrschaften vorzugsweise auf, um ununterbrochen Spielshows und Soap-Operas in seniorengerechter Lautstärke zu verfolgen. Übertroffen wurde diese nur von den Diskussionen der beiden. Bis heute rätsele ich, ob sie permanent stritten oder nur ihre jeweiligen Favoriten anfeuerten.

Gott sei Dank ist am Nachmittag die Sonne hervorgekommen, so dass ich durch die Stadt laufen konnte. Zur Feier des Tages schenkte ich mir einen neuen, größeren, signalroten Regenumhang. Meine blaue „Quasimodo in Mülltüte“ – Ausführung zierten etliche unschöne Risse. Die schicke neue Version habe ich originalverpackt und unbenutzt im Rucksack nach Hause getragen. Das danach anhaltend schöne Wetter war wohl ein himmlisches Geschenk.

Deine SMS in der Nacht zuvor war jedoch das schönste Geburtstagsgeschenk. Noch nie habe ich eine so schöne

Liebeserklärung von dir bekommen und du hast mir so offen wie nie zuvor deine Gefühle gezeigt. Auch bei deinem Anruf zum Geburtstag habe ich eine wunderbare Nähe und Liebe gespürt. Das hat mir sehr gutgetan. Denn um ehrlich zu sein, ging es mir an diesem Tag zum ersten Mal während meiner Pilgerreise nicht gut. Seit über einer Woche im Regen zu laufen, der Angriff des Hundes, die schwierigen Wegpassagen und schließlich die unumgängliche Entscheidung, für die letzten Kilometer vom Stadtrand ins Zentrum von Oviedo den Bus zu nehmen, hatten mich ziemlich demoralisiert. Diesen Tag empfand ich als den schlimmsten während meiner ganzen Pilgerreise. Die vielen liebgemeinten Anrufe und Geburtstagsgrüße haben schließlich dazu geführt, dass ich mich erstmals seit dem Abschied meiner Freundin wieder etwas verloren, traurig und wirklich einsam gefühlt habe. So niedergeschlagen war ich nur am ersten Abend nach der Rückreise von Iris. An diesem Tag, erstmals so ungewohnt alleine, schmeckte mir weder das Abendessen noch das Glas Wein auf der Terrasse. Da hatte ich mich bald in mein Pensionszimmer zurückgezogen und im Bett liegend die lieben Wünsche, Grüße und Lieder angehört, die mir du und unsere Kinder auf einen MP3-Player überspielt und mitgegeben hatten. Tränen liefen über mein Gesicht, ich fühlte mich mutterseelenallein und mein Herz lag schwer wie ein Sandsack in meiner Brust.

So war ich sehr froh, dass ich für diesen Geburtstagsabend eine Verabredung mit Anne hatte. Sie ist deutsche Krankenschwester, lebt in Oviedo und wurde von einem medizinischen Dienst, den ich wegen einer Verletzung aufsuchen musste, telefonisch um Dolmetscherdienste gebeten. Spontan fragte sie mich, ob wir uns treffen wollen, wenn ich in Oviedo ankomme. Wir haben uns auf Anhieb gut verstanden und sind bis um Mitternacht in einer Bar gesessen. So habe ich meinen Geburtstag doch noch etwas gefeiert und der Tag hatte einen schönen Abschluss.

Centro del médico

Ich bin im Hof des Klosters von Valdedios. Es ist später Nachmittag. Ich liege auf einer Parkbank und genieße die noch zaghaften Sonnenstrahlen, die sich heute erstmals zeigen. Es ist so ruhig hier, das Kloster liegt sehr einsam, die Mönche haben heute Ausgang und die Arbeiter, die die Kapelle renovieren, haben wohl schon Feierabend. Plötzlich stört anhaltendes, aufgeregtes Hufeklappern und schrilles Wiehern die Ruhe. Es hört sich an, als seien mehrere Reiter vor der Mauer. Neugierig geworden gehe ich hinaus und sehe einen jungen Mann, der versucht, ein Pferd auf einen Anhänger zu verladen. Das ist an sich schon nicht einfach, aber dem Anhänger fehlt auch jegliche Rampe und dem Pferd wiederum das Einsehen, dass es in den Transporter springen soll. Aufgeregt tänzelt es im Kreis und will entschieden lieber zurück auf seine Weide. Es erscheint mir ein hoffnungsloses Unterfangen und mehr aus Höflichkeit frage ich den spanischen Cowboy, ob er Hilfe bräuchte. Leider nimmt er dieses Angebot sofort an und will wissen, ob ich mich denn mit Pferden auskenne. „Más o menos" antworte ich, nicht sicher, ob die jahrelangen Chauffeurdienste zu den Reitstunden meiner Tochter wirklich unter „Erfahrung" verbucht werden können. Ich übernehme das Pferd am Halfter, wickle mir dieses um die Hand und ungünstigerweise zwischen den Fingern hindurch. Dann rede ich beruhigend auf das Tier ein. Derweil hebt der Caballero den rechten Fuß des Pferdes an und stellt den Huf auf dem Anhänger ab. Er sprintet nach hinten, drückt mit der Schulter unter vollem Körpereinsatz gegen dessen Hinterteil, ich ziehe vorne und so versuchen wir einige Male das Pferd zum Einsteigen zu überreden. Diesem gefallen unsere Bemühungen jedoch überhaupt nicht und es weicht immer wieder seitlich aus, reißt schließlich mit einem entschiedenen Ruck seinen Kopf und damit auch meine Hand in die Höhe. Ich kippe beinahe aus den Badelatschen und beachte zunächst den Schmerz in meinem rechten Ringfinger nicht. Zwei Nägel sind abgerissen und das verletzte Nagelbett blutet. Schließlich sieht der junge Mann ein, dass es vernünftiger ist, heimzureiten und das Gespann später abzuholen. In der Herberge verarzte ich meine Blessuren. Das Fingergelenk pocht, scheint aber nicht gebrochen zu sein.

In der Nacht schlafe ich schlecht, immer wieder weckt mich der Schmerz, wenn der Finger sich im Schlafsack verheddert. Morgens ist er dick geschwollen und lässt sich nicht mehr beugen. Die Wanderstöcke kann ich kaum noch einsetzen, durch den permanenten, pochenden Schmerz und die Schwellung kann ich nicht mehr greifen. Viele Stunden später treffe ich in einem kleinen Dorf ein und suche mal wieder Zuflucht vor dem Regen in einer Bar, die gleichzeitig auch Lebensmittelgeschäft und Tabaceria ist. Hier erfahre ich, dass es schräg gegenüber, in einer Seitenstraße gelegen, eine Apotheke und sogar ein Centro del Médico gibt, die beide momentan geöffnet haben. Da der schwierigste Teil des Camino Primitivo mit steilen Bergetappen noch vor mir liegt, entschließe ich mich, die Hand vorsichtshalber untersuchen zu lassen. Es ist ein kleines Gesundheitszentrum und nur mit einem Arzt und einer Krankenschwester besetzt. Im Warteraum befinden sich ein weiterer Patient und eine Frau, deren alte Mutter gerade von der Krankenschwester nebenan versorgt wird. Sie vertreibt sich die Wartezeit indem sie mich aufs Gründlichste nach meinem bisherigen Leben, meiner Pilgerreise und meiner Verletzung ausfragt. Ich habe etwas Mühe, ihr den Unfallhergang in Spanisch zu schildern und nehme Hände und Füße zu Hilfe. Ob sie alles verstanden hat, weiß ich nicht, aber als der Arzt den nächsten Patienten aufrufen möchte, bugsiert sie mich an diesem vorbei entschieden ins Zimmer, erklärt und zeigt dem Arzt meine Verletzung und schlägt ihm vermutlich gleich auch die passenden Behandlungsmethoden vor. Er hat etwas Mühe, sie davon zu überzeugen, dass sie nicht mit im Raum bleiben muss. Der Arzt möchte, dass ich meinen Ring abnehme, da er befürchtet, dass bei einem weiteren Anschwellen die Blutzufuhr unterbrochen würde. Doch weder durch Herunterkühlen mit einem Eispack, noch durch Seife oder Gleitgel lässt er sich über den verletzten Knöchel schieben. Mir steht der Schweiß auf der Stirn und irgendwann verwehre ich mich weiteren Versuchen. Lieber schlage ich dem Arzt vor, den Ring aufzuschneiden, worauf er dann doch verzichtet. Er vermutet einen Kapselriss, ein Röntgengerät ist nicht vorhanden und so weist er die Krankenschwester an, die Hand so zu verbinden, dass der verletzte Finger zwar stillgelegt, aber zusammen mit den anderen so gebeugt ist, dass ich einen Stock halten kann. Die hilfsbereite Señora hat alle zwischenzeitlich eingetroffenen Patienten mit meinem Schicksal vertraut gemacht und mit Argusaugen meine Wanderungen zwischen den Wasch- und Behandlungsräumen überwacht. Gemeinsam mit ihrer Mutter wartet sie, bis ich fertig bin. Die alte Dame umarmt mich sichtbar gerührt,

Tränen kullern ihr über das welke Gesicht und sie segnet mich und meine Pilgerreise. Das wiederum treibt mir die Tränen in die Augen und ich verabschiede mich wie von alten Freunden mit Küsschen und Umarmungen.

Es dauert nahezu ein Jahr, bis ich den Finger wieder schmerzfrei beugen kann. Meinen Ehering trage ich seither links und so steckt mir die Erinnerung an Valdedios sprichwörtlich in den Knochen.

Pilgertochter

Ein Tag nach meinem Geburtstag. Endlich mal wieder schönes Wetter! Die Sonne scheint und ich habe große Lust zum Laufen. Gleich nach dem Frühstück treffe ich eine andere Pilgerin, Virginie, eine 27-jährige Französin. Wir unterhalten uns nett und suchen gemeinsam den Weg aus der Stadt. Während des Laufens trennen wir uns, so dass jede Zeit für sich alleine hat, verbringen die Pausen jedoch gemeinsam. Am Abend teilen wir uns ein billiges Pensionszimmer. Anscheinend möchte sich Virginie mir auch am nächsten Tag anschließen, ich bin etwas skeptisch, weil ich nicht weiß, ob ich schon für eine Pilgergemeinschaft bereit bin. Doch sie erweist sich als äußerst rücksichtsvoll. Sie respektiert meinen Wunsch, tagsüber alleine zu wandern und so treffen wir uns manchmal bei den Pausen und für die letzten Kilometer vor der Herberge. Irgendwann merke ich, dass ich beim Gehen über persönliche Dinge nachdenke, die sie mir von sich erzählt hat. Eigentlich will ich das nicht, diese Zeit soll mir gehören und ich möchte mich nicht mit Problemen anderer Menschen belasten. So versuche ich, meine Gedanken auf meinen bisherigen Weg zu lenken und meine Erfahrungen zu überdenken. Bald erkenne ich, dass meine Erlebnisse wie Metaphern für Virginies Suche nach ihrem Lebensweg sind. Am Abend schreibe ich für sie meine Gedanken auf und lege sie ihr aufs Bett.

Brief an Virginie:

Ich gehe am liebsten im Wald, durch stille Täler, an rauschenden Flüssen und ruhigen Seen entlang. Ich laufe nicht gern auf der Straße. An den Tagen, an denen es so stark regnete, waren die Wege oft unpassierbar. Dann bleiben nur zwei Möglichkeiten:

Du wartest ab, bis der Regen aufhört, die Sonne die Wege trocknet und die reißenden Flüsse sich beruhigen. Vielleicht ist aber ein Stück Weg eingebrochen oder ein großer Baum liegt über dem Weg, freigespülte Wurzeln, widrige Dornen und undurchdringliches Gebüsch versperren den Durchgang.

Vielleicht kommt niemand, um den Weg passierbar zu machen. Während du still stehst und wartest, geht das Leben vorbei und du kommst auf deinem Weg nicht weiter.

Du kannst auf die Straße ausweichen. Vielleicht gehst du nicht gerne auf ihr, weil der Belag hart ist und der Weg eintönig. Aber sie ist eine Möglichkeit, deinen Weg fortzusetzen. Am schwersten aber ist die Entscheidung, ein Stück des Weges zurückzugehen, um an eine Kreuzung zu kommen, damit man eine andere Richtung einschlagen kann. Man hat das Gefühl, Zeit verloren zu haben. Aber wie viel mehr Zeit verliert man, wenn man auf einem Weg bleibt, der einen doch nicht ans Ziel führt.

So ist es besser, sich manchmal für die Straße zu entscheiden, damit man die Möglichkeit hat, an einem anderen Tag den Weg auf einem Pfad fortzuführen, der einem mehr gefällt.

Es gibt nie nur einen Weg, es gibt auch nicht den einen, richtigen, unwiderruflichen Weg. Jeden Tag entscheiden wir uns neu, welche Richtung wir auf dem Camino oder unserem Lebensweg einschlagen. Es gibt niemand, der uns sagen kann, welcher Weg der unsere ist. Wir müssen ihn alleine finden. Und zuerst müssen wir den Mut haben und bereit sein, ihn zu suchen.

Ich habe das Gefühl, ich musste tagelang im Regen laufen, Wege und Straßen suchen, Umwege gehen, nur um diese Erfahrung an dich weitergeben zu können. Ich hoffe, dass ich nun wieder bei besserem Wetter laufen darf!!!

Wir haben in einer Pension in Tineo übernachtet. Der enge Schlafraum der öffentlichen Herberge war bis zum Nachmittag fast komplett mit über zwanzig Pilgern belegt. Stockbett an Stockbett. Nicht einmal ausreichend Platz für einen Rucksack dazwischen. Das ist mir zu viel! Ich habe immer noch das Bedürfnis, mich zurückziehen zu können. Obwohl du es dir eigentlich nicht leisten kannst, schließt du dich mir an und wir buchen ein Zimmer in einem kleinen Hotel. Vom Zimmer aus rufst du zu Hause an. Deine Schwester hat Geburtstag und du möchtest eigentlich nur gratulieren. Das Gespräch dauert lange und verschlingt viel von deinem knappen Budget. Ich ziehe mich ins Bad zurück und finde dich danach völlig verstört. Bitterlich weinend vertraust du mir später deine Lebensgeschichte an, die mich sehr betroffen macht.

Am nächsten Morgen starten wir gemeinsam. Bald werden wir uns wieder für diesen Tag trennen, aber noch gehst du vor mir. Ich rufe dich, du hältst an und siehst zu mir. Ich fordere dich auf, weiterzugehen, aber gleichzeitig zu mir zurückzuschauen. Verwirrt versuchst du das und stolperst einige Schritte vorwärts. Dann bleibst du stehen und sagst, dass das nicht möglich ist. Ich erwidere nichts, sehe dich nur an. Du verstehst, was ich dir zu zeigen versuche. Nun brauchst du Zeit für dich. Ich gehe voraus und lasse dich mit deinen Gedanken und deinem Weg alleine.

Meine Gedanken zu deinem Lebensweg:

Du schaust zurück und wunderst dich, dass du nicht vorwärts kommst. Man kann nicht zurückschauen und gleichzeitig vorwärtsgehen, man stolpert, fällt, verliert die Richtung. Manchmal muss man mit der Vergangenheit abschließen, damit eine Zukunft möglich wird. Du musst deine Zukunft träumen, du musst nach vorne blicken und es muss dir klar werden, dass man ein Ziel oft nur über Umwege erreichen kann, man darf es nur nie aus den Augen verlieren.

Du bist so ein friedliebender, sensibler Mensch. Weinend hast du mich gefragt, warum du in eine Familie hineingeboren wurdest, in der so viel gekämpft wird. Die Antwort, Pilgertochter, ist ganz einfach: Weil du die Kraft hattest, dies zu überstehen, ohne zu zerbrechen. Die Härte und Gleichgültigkeit deiner Familie ist ihre Schwäche, deine Sensibilität war die Kraft, die diese Familie zusammengehalten hat. Aber du musst nun erkennen, dass sie dich benutzen. Du bist wie ein Ball in einem Spiel, du wirst getreten und egal wohin du rollst, du wirst dieses Spiel nicht gewinnen. Du musst dich jetzt aus dem Spiel nehmen und dich um dein Leben kümmern. Weine nicht um die kleine Virginie und dass sie nie die Liebe hatte, die sie brauchte. Schau, sie hat überlebt! Sorg für die große Virginie, sorg dafür, dass sie im Leben bekommt, was sie sich wünscht.

Noch bist du nicht ganz bereit, deinen Weg alleine zu gehen, Pilgertochter! Vielleicht haben sich unsere Wege ja nur gekreuzt, damit ich dich ein Stück begleiten kann.

Herbergsgeschichten

Herbergen sind die preiswerteste Möglichkeit, auf dem Camino zu übernachten. Öffentliche Herbergen werden von den Gemeinden oder Jakobusgesellschaften unterhalten und können von Pilgern gegen eine Spende von ca. 5.- Euro in Anspruch genommen werden. Alternativ gibt es noch Privatherbergen oder manchmal einfache Pensionen. Die Schlafräume sind auch in Klöstern nicht nach Geschlechtern getrennt, oft jedoch der Sanitärbereich. Die Unterkünfte sind meist einfach und zweckmäßig, wenn man Glück hat auch – zumindest zu Beginn der täglichen Pilgerinvasion – sauber. Es kommt schon mal vor, dass der Pilger vor dir verschwenderisch das letzte heiße Wasser beim Duschen verbraucht hat oder alle Betten in der Nähe des einzigen Fensters belegt sind. Auch hier gilt, dass man nach einiger Zeit und Erfahrung für Kleinigkeiten dankbar ist. Die neueren Herbergen sind meist großzügiger gestaltet, bieten auch mal problemlos Platz für die Rucksäcke und meist mehrere Räume mit weniger Betten.

Einen Schlafplatz zu reservieren ist in den öffentlichen Herbergen nicht möglich. Auf wenig begangenen Routen oder außerhalb der Saison ist das meist kein Problem, die Betten werden in der Reihenfolge des Eintreffens vergeben. Auf den stärker begangenen Caminos treibt die Rivalität um einen Schlafplatz dann aber manchmal erstaunliche Blüten. Es gibt Mitpilger, die schon im Dunkeln starten, um möglichst frühzeitig in der nächsten Etappe einzutreffen. Taschenlampen, raschelnde Plastiktüten, wenig gezügelte Unterhaltungen rauben dann den bis dahin noch Schlafenden trotz Ohrstöpseln die Nachtruhe. Schließlich teilen nicht selten 10, 20 oder mehr Personen einen Schlafraum. Am nächsten Etappenziel dann angekommen, warten die Frühaufsteher dann manchmal stundenlang bis die Herberge am Nachmittag öffnet. Das erste Mal erlebte ich in Santillana del Mar einen solchen Konkurrenzkampf. Ein heißer, sonniger Tag. Ich traf kurz vor 14 Uhr vor dem Hof der Herberge ein. Aus dem benachbarten Geschäft trat der Inhaber, der mir erklärte, die Herberge würde erst um 16 Uhr öffnen. Er versorgte mich kostenlos mit frischer gekühlter Milch und Kuchen, deponierte meinen Rucksack in seinem Laden, den er nun für die Mittagsruhe abschloss und ermahnte mich „Punkt 4 Uhr“ wieder da zu sein, damit ich einen Schlafplatz bekäme. Falls bereits zu viele Pilger da wären, wüsste er noch eine preiswerte Pension. Ich besichtigte die mittelalterliche kleine Stadt und fand mich gegen halb vier vor der Herberge ein. Auf einem Stuhl saß genau vor dem Eingang ein Mann, der sich mit einem über den Kopf gelegten T-Shirt vor der brennenden Sonne schützte. Ich erfuhr, dass er schon seit nahezu drei Stunden da saß, um sich und seinen zwei Begleiterinnen einen Schlafplatz in der kleinen Herberge zu sichern. Ein anderer Pilger machte ihm heftige Vorwürfe, dass er nur so früh eingetroffen sei, weil er ein Stück des Weges mit dem Zug gefahren wäre. Auf dem Weg nach Santillana gibt es nämlich nur eine offizielle Möglichkeit von Boo de Pielagos nach Mogro zu kommen: Man folgt dem Pilgerweg und nimmt eine deutlich längere Wegstrecke in Kauf. So ergibt sich zwischen Santander und Mar, der nächsten kleinen, sehr einfachen Herberge, eine Etappe von 35 Kilometern.

Hier ist Selbstverpflegung angesagt, die nächste Bar ist einen weiteren Kilometer entfernt. Bis Santillana sind dann noch mal über 10 Kilometer zu gehen, falls die nur sechs Liegen schon belegt sind. Doch für viele Pilger ist eine 45 Kilometer Etappe einfach nicht machbar. Aber es gibt eine inoffizielle Möglichkeit, diesen Weg nahezu 8 Kilometer abzukürzen. Die Vernünftigen entscheiden sich dafür, die wenigen hundert Meter zwischen Boo und Mogro lieber eine Station mit dem Zug zu fahren.

Die Waghalsigeren wählen stattdessen die Strecke über die eigentlich für Fußgänger gesperrte Eisenbahnbrücke. Zwischen den zwei Gleisen und dem Geländer bleibt einem knapp ein Meter Platz, wenn ein Zug kommt. Ich wartete vor der Brücke, bis der Regionalzug durch war und marschierte dann zügig die 100 Meter bis zum anderen Ende. Doch bevor ich dieses erreichte, sah ich einen Schnellzug heranrasen. Mit klopfendem Herzen klammerte ich mich an die Eisenpfeiler und versuchte, mich trotz Rucksack so schmal wie möglich zu machen, um nicht mitgerissen zu werden. Ich hatte großes Glück. Der Zug donnerte auf dem zweiten, entfernteren Gleis vorbei.

Als in der Herberge von Santillana del Mar dann der Hospitalero kam und sich einer nach dem anderen anmeldete, wurden Rucksäcke durch die Fenster gereicht um sofort die besten Schlafplätze zu belegen. Ich konnte die Aufregung nicht nachvollziehen. Es gab 16 Betten und wir waren nur 14 Pilger.

Etwas Besonderes ist Güemes, eine regelrechte „Kultherberge". Sie wird von Ernesto, dem Priester der Gemeinde geführt. Schon sein Großvater beherbergte Pilger in der von ihm 1911 im Keller seines Elternhauses gegründeten Herberge. Heute gibt es für die Pilger einen neuen, schönen und großzügigen Anbau. Wir wurden freundlich aufgenommen und erst einmal zum Mittagessen gebeten. Über 30 Pilger waren bereits da, es herrschte eine Atmosphäre wie in einer Jugendherberge. Vor dem Abendessen bekamen wir in der Bibliothek einen mehrsprachigen Vortrag über die Probleme der Region durch die Aufforstung von Eukalyptusbäumen und hilfreiche Tipps für den weiteren Weg. Viele freiwillige Helfer auch aus dem Dorf kochen und versorgen die Pilger. Nach dem Abendessen gaben einige davon noch ein Ständchen mit Gitarre und wunderschönen Arien.

Sehr familiär geführt wird die Herberge in San Vicente de la Barquera von dem älteren Ehepaar Luis und Sofia. Ganz selbstverständlich helfen die Pilger bei allen Küchenarbeiten, den Zubereitungen von Abendessen und Frühstück, das dann wie in einer Familie auch gemeinsam eingenommen wird. Auf einer imposanten Fotowand verewigt Luis mit seiner Sofortbildkamera alle Pilger, die hier schon Obdach gefunden haben.

Eine Herberge der ganz anderen Art fand ich dann in Sebrayo vor. Im Handbuch als einfach aber gepflegt bezeichnet, hatte sie ihre besten Zeiten in Wirklichkeit schon lange hinter sich. Die Tagesetappe war lang gewesen. Die offiziellen 29 Kilometer verlängerten sich deutlich durch mehrere vergebliche Versuche, einen durch den anhaltenden Regen eigentlich unpassierbaren Abschnitt zu umgehen. Entnervt stiefelte ich letztendlich dann hunderte Meter durch Wasser und knöcheltiefen Matsch. Es war nach 18

Uhr, als ich in der Herberge eintraf. Die nächste Übernachtungsmöglichkeit bot sich erst nach weiteren 7 Kilometern, also entschied ich mich dafür, zu bleiben. Die ganze Herberge wirkte schmuddelig. Die Matratzen auf den wackeligen Metallbetten waren allesamt schmutzig und voller Löcher. Zwei Franzosen waren bereits vor mir eingetroffen. Sie wussten nicht, dass es in dem kleinen Ort keine Verpflegungssmöglichkeit gibt und hofften auf den fliegenden Händler, der laut Hospitalera vorbeikommen sollte. Wir saßen in dem kleinen ungemütlichen Durchgang, der als Küche fungierte und versuchten, mit Hilfe des offenen Backofens zu heizen und die feuchte Kälte zu vertreiben. Unsere nassen Stiefel stellten wir auf die Backofentür, die Socken legten wir in den Ofen in dem Versuch, sie zu trocknen. Der Händler blieb aus und die hungrigen Mitpilger kreierten ein nicht wirklich typisches französisches Menü. Aus einem halben Brühwürfel und einem Liter Wasser kochten sie eine Suppe mit einer Einlage aus einer kleinen Handvoll Nüssen und meinem restlichen Schinken. Der zweite Gang bestand aus einer Dose Thunfisch und altgebackenem Brot. In diesem Augenblick kam die Hospitalera und brachte uns aus Ihren eigenen Vorräten ein paar Eier. Diese wurden im Fischöl dann zu Rühreiern gebraten.

Es gab keinen Aufenthaltsraum und draußen regnete es, also lagen wir bald in den Betten. Ich mummelte mich in meinen Schlafsack und bemühte mich, nirgends in direkten Kontakt mit der Matratze zu kommen. Trotzdem juckten mich noch Tage später undefinierbare Stiche oder Bisse an Armen und Beinen.

Die Herberge von Lugo befindet sich praktischerweise direkt in der Altstadt. Genau gegenüber ist eine kleine Bar. Das ist nett, wenn die Bevölkerung nicht gerade ihr populäres Römerfest feiert. In diesem Fall jedoch ist die Altstadt die ganze Nacht ein Tollhaus, die Menschen feiern und veranstalten gerne auch mal morgens um 2 Uhr Trommelumzüge durch die Straßen. Gegen den Unterhaltungspegel spanischer Großfamilien helfen auch keine Ohrstöpsel. Die einzige Möglichkeit, überhaupt etwas Schlaf zu bekommen, bestand darin, alle Fenster und Türen fest geschlossen zu halten – in einem Raum mit 24 Menschen! Am frühen Morgen erinnerte der Schlafsaal stark an eine überbelegte Sauna, die Luft war warm, feucht und abgestanden. Als ich um 6 Uhr 30 als Erste losmarschiert bin, feierten die Menschen immer noch in den Gassen! Bei jedem Schritt musste man aufpassen, um nicht in zerbrochenes Glas oder sonstigen Unrat zu treten. Ich war froh, als ich die Stadt hinter mir lassen konnte. Vor lauter Begeisterung habe ich dann prompt die – nicht markierte – Abzweigung zum Camino del Norte verpasst und bin statt dessen einige Kilometer Richtung Camino Frances marschiert. Doch es gab eine Möglichkeit über St. Eulalia zurück zu wechseln und so konnte ich wenigstens nach 10 Kilometern in einer Bar frühstücken. Keiner der anderen Pilger hatte diese nicht markierte und längere Route gewählt und so war es einer der letzten Tage, an denen ich allein pilgern würde. Ich habe jeden Augenblick genossen und die 30 Kilometer fielen nicht schwer. Die Pension in Friol war sehr einfach aber sauber. Wie schön, ohne Badeschuhe zum Duschen in einer Wanne zu stehen. Herrlich, allein in einem Zimmer bei offenem Fenster und in Ruhe schlafen zu können. Welch ein Genuss, sich in saubere Laken zu kuscheln. Ganz allein saß ich am Abend in dem für diesen Tag eigentlich geschlossenen Restaurant und wurde bekocht und ein Frühstück bekam ich morgens auch noch serviert.

Die Länge von Etappen wird immer von den Übernachtungsmöglichkeiten bestimmt und oft gibt es in den dünn besiedelten Regionen über viele Kilometer weder Herbergen noch Pensionen. Dann ist man am Abend über jedes Lager froh, auf das man sein müdes Haupt betten kann!

Bilder zu *Pilgertochter*, *Herbergsgeschichten* und *Königsetappe*
http://www.verlag-waldkirch.de/pics/Jakobsweg4.pdf

Königsetappe

Nun liegt sie vor uns. Die Königsetappe. Das anspruchsvollste Teilstück des Camino Primitivo über den höchsten Pass. Der Weg teilt sich zuvor. Es gibt auf halber Höhe eine neuere Strecke über Pola Allende, einen Tag länger, nicht weniger schwierig zu gehen, aber eben in zwei kürzeren Etappen. Auf der Passhöhe treffen die zwei Routen dann wieder aufeinander bis zum nächsten Etappenziel Berducedo.

Ich wähle jedoch die historische, ursprüngliche Wegführung „Hospitales“, über den Bergrücken an den Ruinen der alten Pilgerherbergen vorbei zum Pass Puerto del Palo. Diese Strecke sollte man jedoch nur bei gutem Wetter und Kondition gehen. Wir starten von der Privatherberge in Campiello aus. 28 Kilometer liegen vor uns, knapp 600 Höhenmeter und 9 Kilometer gleichmäßig steiler Anstieg wollen bewältigt werden. Herminia, die hilfsbereite Besitzerin der Privatherberge in Campiello rät uns, trotz des langen Weges erst gegen 8 Uhr zu starten. Dann hätten die Dunst- und Wolkenschichten sich aufgelöst und die Fernsicht sei besser. Bald trenne ich mich von Virginie und gehe voraus. Die Luft ist klar, der Himmel färbt sich strahlend blau, keine Wolke zu sehen. Die Sonne bringt die nachtfeuchten Täler zum Dampfen, heizt auch uns auf den baumlosen Anhöhen richtig ein. Gleichmäßig, automatisch wie ein Uhrwerk setze ich meine Schritte. Ein feiner Schmerz in meiner Fußsohle meldet sich. Ich ignoriere ihn bis er wieder verschwindet. Nichts soll mir diesen Tag verderben. Ich gehe so wie ich atme. Ich sauge diesen Tag auf wie ein

Schwamm. Diese Stille, kein Mensch zu sehen, selten ein paar Pferde oder Kühe. Nur das Summen von Insekten und manchmal das Zwitschern der Vögel. Alle Gedanken sind gedacht. Ich lausche meinem Atem, dem Geräusch meiner Schritte, dem Rascheln von Rucksack und Kleidung. Die Aussicht ist atemberaubend, oft verweile ich einige Augenblicke. Wie eine detailreiche Komposition, ein klangvolles Klavierstück erlebe ich diesen Tag. Ich bin ganz bei mir. Ein unbeschreibliches Gefühl stellt sich ein. Oben auf dem Berg angekommen, habe ich nicht nur den höchsten Punkt meines Pilgerweges erreicht, sondern auch vollkommenen inneren Einklang gefunden und empfinde tiefe Dankbarkeit für mein Leben und die Menschen darin. Ich könnte weinen, lachen, singen vor Glück.

Das tun wir dann tatsächlich noch. Bald trifft Virginie zur gemeinsamen Pause bei einer der Herbergsruinen ein. Hand in Hand stehen wir vor der atemberaubenden Bergkulisse und singen gemeinsam mein persönliches „Pilgerlied“, das mich den ganzen Weg und bis heute begleitet:

„You raise me up so I can stand on mountains
You raise me up to walk on stormy seas
I am strong when I am on your shoulders
You raise me up to more than I can be“

Du richtest mich auf, so dass ich auf Bergen stehen kann,
du richtest mich auf, um über das stürmische Meer zu gehen.
Ich bin stark, wenn deine Schultern mich tragen,
Du richtest mich auf, damit ich über mich hinauswachse.

Einfache Worte, die mich sehr berühren, mir aber auch Kraft und Zuversicht geben.

Ich habe es oft für mich gesungen, ich habe es wie ein Gebet erlebt, voller Emotion und Dankbarkeit, eine Zwiesprache mit Gott. Zu Anfang haben mich die Worte und meine Sehnsucht nach deren Wahrhaftigkeit so berührt, dass ich nur weinend singen konnte.

(Hermann van Veen: „ ... und wenn man mal weinen musste war Gottseidank niemand dabei der sagte: Ach Gott, was hast du denn?“…)

An diesem Tag bin ich wie befreit und singe es dankbar und aus vollem Herzen. Ich bin keine praktizierende Christin, aber ich habe mich auf diesem Weg die ganze Zeit begleitet und geborgen gefühlt. Und auch hier habe ich erlebt, dass man überreich zurückbekommt, was man zu geben bereit ist. Ich habe die Tür zu meiner Seele ein Stück geöffnet und mich berühren lassen. Dieser Tag war wie ein seltenes Geschenk.

Wettrennen...
...oder...
Warum nicht jeder Pilger auch dein Freund ist.

Gestern musste ich mich überstürzt von Virginie verabschieden. Nach der Mittagspause rief ich ihr ein Taxi, sie konnte nicht mehr weitergehen, hatte wohl zuviel Sonne abbekommen. Fünf Tage waren wir gemeinsam unterwegs, haben viel voneinander gelernt und sind uns sehr nahc gewesen. Der Abschied war herzlich und tränenschwer. Ich bin sicher, irgendwann treffen unsere Wege sich wieder, Pilgertochter!

Bin dann bis Fonsagrada und anschließend noch weiter zur außerhalb gelegenen Pilgerherberge gelaufen. Ein Bett habe ich nur deshalb noch bekommen, weil viele Mitpilger bereits in Fonsagrada in Pensionen geblieben sind. Zurzeit sind ca. 35 Pilger auf dem Weg und die Kapazitäten der Herbergen reichen nicht aus. Da hier eine Nacht nur 5.- Euro kostet, sind die Plätze – insbesondere bei den Langzeitpilgern – begehrt. Manche Pilger starten deswegen sehr früh, manchmal noch bei Dunkelheit, um rechtzeitig bei der nächsten Herberge anzukommen. Eine Gruppe von sechs Spaniern und einem älteren deutschen Ehepaar fällt dabei besonders unangenehm auf. Diese Truppe steht regelmäßig um 5 Uhr in der Frühe auf, wobei sie rücksichtslos und lautstark den Rest der Mitpilger weckt, packt raschelnd und bei voller Beleuchtung ihre Rucksäcke, die dann um 6 Uhr von einem „Mochila-Taxi“ abgeholt und zum nächsten Etappenziel transportiert werden. So „leicht“ lassen sie schnellen Fußes die ihren Rucksack tragenden Mitpilger hinter sich und belegen frühzeitig die nächste Herberge. An diesem Morgen verspätet sich das Taxi, die Truppe muss warten. Da eh schon alle wach sind, nutzen einige von uns die Gelegenheit, vor der Gruppe loszuwandern.

Ich gehe gern am frühen Morgen, ich liebe das klare Licht, das die Dämmerung ablöst, die Dunstschleier, die dicht über den Wiesen schweben, die Tautropfen an den Spinnennetzen. Ich schätze die Stille und die feinen Klänge der Natur in dieser frühen Stunde, beobachte, wie sich allmählich unzählige Facetten an Grüntönen aus der Dunkelheit schälen. An einem Aussichtspunkt setze ich mich zu einer kleinen Trinkpause. Lautstark kündet die Gruppe ihr Kommen an. Sie unterhalten sich, telefonieren und schenken der Umgebung keinen zweiten Blick. Vorbei ist es mit meiner Ruhe und Gelassenheit. Ich lasse Sie vorgehen und versuche so viel Abstand zu halten, dass ich Sie nicht hören kann. Das ist nahezu unmöglich. Also überhole ich Sie wiederum am nächsten Rastplatz und marschiere unter hohem Tempo weiter. Meine Freude am Gehen ist dahin, meine Gedanken kreisen nur um den Wunsch, diese Menschen weit hinter mir zu lassen. Ich fühle mich, als hätte ich einen Hornissenschwarm im Nacken. Ich ärgere mich nicht nur über diese Mitpilger, die ich als sehr rücksichtslos empfinde, sondern auch über meine eigenen sinnlosen, zornigen Gedanken, die ich an diese Menschen verschwende. Sie vergiften mir meinen Tag. Ich lausche nicht mehr den Geräuschen der Natur, sondern horche auf jeden menschlichen Laut hinter mir. Nach zwei Stunden treffe ich an einer Pausenstation ein, die Frühstück für Pilger anbietet. Ich habe den letzten Bissen noch nicht gegessen, als die Truppe ebenfalls eintrifft. Hastig bezahlen zwei Mitpilger und ich unsere Rechnungen und brechen auf. Der Besitzer ist allein für Service und Küche zuständig und so dauert es hoffentlich länger, bis er die größere Gruppe unserer „Verfolger" bewirtet hat. Zügig wandere ich weiter und bemühe mich, den Abstand zu der Gruppe zu vergrößern. Ich brauche lange, bis ich mich von meinen ärgerlich kreisenden Gedanken lösen und mich wieder auf die schöne Umgebung konzentrieren kann. Prompt übersehe ich einen Richtungspfeil und laufe mindestens vier Kilometer Umweg, bis ich auf den sehr steilen Pfad zur Passhöhe zurückfinde. Mein Vorsprung ist dahin! Es ist nicht zu überhören, dass hinter der letzten Biegung die Gruppe bereits wieder im Anmarsch ist! In unsinnigem Tempo hetze ich den sandigen, schlecht begehbaren Weg hinauf. Mit jagendem Puls und krebsrotem Gesicht erreiche ich oben in einem Dorf angekommen die nächste Bar. Nur schwer lässt sich der Besitzer davon überzeugen, dass ich mir keinen gefährlichen Sonnenbrand geholt habe, sondern nur äußerst gut durchblutet und schweißnass bin. Bald darauf treffen meine „Verfolger" ein. Deshalb beende ich meine Pause und mache mich wieder auf den Weg. Einer möchte mir freundlicherweise meinen Rucksack reichen und ist erstaunt über dessen Gewicht und die Tatsache, dass ich diesen schon seit Wochen trage. Ich kann mir den Seitenhieb, dass Pilger ihren Rucksack selber tragen und ich eine Pilgerin und schließlich keine Touristin sei, nicht verkneifen.

Es gelingt mir, vor der Gruppe in der Herberge anzukommen. Es hat mich allerdings meine Mittagspause und sämtliche Kraftreserven gekostet! Andere Pilger haben sich ebenfalls an diesem unfreiwilligen Wettrennen beteiligt, und zur Genugtuung aller hat die Gruppe in der Herberge keine Aufnahme gefunden. Es war jedoch nicht ganz klar, ob die Plätze nicht ausgereicht haben oder die Hospitalera sie abgelehnt hat, weil sie ohne Rucksäcke ankamen... Sie organisierten sich weitere Taxis und ließen sich gleich 30 Kilometer weiter zur nächsten Herberge fahren. So hatten auch die Pilger die am Nachmittag noch eintrafen die Chance auf ein Herbergsbett.

Noch Tage später habe ich versucht, Gründe für mein Verhalten an diesem Tag zu finden. Ich habe ein ausgeprägtes Gerechtigkeitsempfinden, versuche die Bedürfnisse meiner Mitmenschen zu respektieren, reagiere aber äußerst empfindlich und auch aggressiv, wenn ich das Gefühl habe, übervorteilt oder unfair behandelt zu werden.

Ich habe dieses Wettrennen gewonnen und dabei doch in Wirklichkeit viel verloren. Die Freude und Gelassenheit, den inneren Frieden und die Ruhe die ich bis dahin an vielen Tagen verspürt habe, waren wie weggeblasen. Meine eigene Aggressivität, mein eigenes „dunkles Selbst" hatte an diesem Tag die Oberhand gewonnen. Ich war gezwungen, meiner eigenen Unvollkommenheit ins Gesicht zu blicken. Ich habe in Wirklichkeit nicht nur diesen Tag vergeudet, sondern musste den nächsten als Ruhetag nutzen, um mich zu regenerieren, denn mein Körper hat auf diese Überforderung mit Erschöpfung und einer beginnenden Erkältung reagiert. Wie viel sinnvoller wäre es gewesen, diesen Mitpilgern einfach zu sagen, wie störend ihr Verhalten am frühen Morgen ist und mehr Rücksicht zu verlangen. Doch der einfache und direkte Weg ist oft der schwierigere. Es erfordert mehr Mut und Besonnenheit, Mitmenschen mit berechtigter Kritik zu konfrontieren als der Versuch, sie ebenfalls zu übervorteilen. „Der Klügere gibt nach“ dagegen ist ein Motto, das in Wirklichkeit einen Balanceakt zwischen Feigheit und Selbstbehauptung darstellt. Heute versuche ich häufiger abzuwägen, wie viel Sinn es macht, meinem selbstgerechten Zorn nachzugeben oder ob kluges Nachgeben meiner inneren Ruhe förderlicher ist.

Von kleinen und großen Freiheiten

Möglichst wenig Gepäck mitzunehmen, war zunächst schlicht dem Platzmangel im Rucksack und der Tatsache geschuldet, dass mit jedem gelaufenen Kilometer das Gewicht auf dem Rücken zuzunehmen scheint. Je zwei Blusen und Shirts, einige Teile Unterwäsche und Strümpfe, zwei leichte und eine Regenhose, sowie eine Fleece- und eine Regenjacke waren die komplette Garderobe. Dazu die Wanderstiefel, Jogging- und Badeschuhe. Körperpflegeprodukte waren auf das absolute Minimum begrenzt, eine Grundausstattung an Medikamenten und jede Menge Pflaster! Morgens musste ich nicht lange überlegen, was ich denn anziehen könnte. Ein Blick auf das Wetter und in die Plastiktüte reichte vollkommen aus. Ich arbeitete nämlich mit dem Zwei-Tüten-Prinzip: In der „Geht noch…"-Tüte befanden sich die seltenen frischen oder aber noch akzeptabel duftenden Kleidungsstücke. Nach drei Tagen wanderten aber auch die am besten eingelaufenen Strümpfe in die „Geht gar nicht mehr!"-Tüte, wo bereits die täglich durchgeschwitzten T-Shirts auf ihre Wäsche warteten. Spätestens jeden zweiten Tag war diese fällig, meistens von Hand. Waschmaschinen gehören nicht unbedingt zur Grundausstattung einer Herberge und Trockner – die besonders während Regentagen viel wichtiger wären – sind sehr seltene Luxusgüter.

Das weitgehend selbstbestimmte Leben während des Pilgerns, die Möglichkeit, nur wenige grundlegende Bedürfnisse organisieren zu müssen, schenken ein Gefühl des Freiseins und der Unabhängigkeit, wie man es sonst selten erfahren kann. Im Gewühl unseres Alltags, durch die Notwendigkeit, für die eigene Familie, Freunde und Arbeitskollegen dazusein, verlieren wir manchmal das Gefühl für uns selbst. Wer bin ich? Was bin ich? Was möchte ich? Was bleibt von meiner Persönlichkeit, wenn ich ohne Partner oder Familie bin. Werde ich das Alleinsein ertragen? Habe ich Angst, mir selbst und meinen Schwächen zu begegnen? Kann ich die Anforderungen des Weges meistern? Werde ich versagen, mich hoffnungslos verlaufen, den körperlichen Herausforderungen gewachsen sein? Vielleicht werde ich aber auch Kräfte und Fähigkeiten in mir entdecken, die bislang verborgen waren. Der Entschluss, überwiegend alleine zu gehen, verschafft zusätzliche Freiräume. Er bietet natürlich auch Raum für Ängste, aber eben auch die Möglichkeit, sich selbst (wieder) zu vertrauen, sich nur auf die eigene Kraft zu verlassen, sich Fehlentscheidungen zuzugestehen und daraus zu lernen. An jedem Tag, an dem man sich so selbst begegnet, sich selbst wieder näher kommt und sich mit Nachsicht und Verständnis betrachtet, wächst das innere Selbst-Bewusstsein, das uns zu einem in sich ruhenden Menschen macht.

Viele Dinge erschienen auf einmal völlig unwichtig. Die tägliche Wahl der Kleidungsstücke folgte keiner modischen sondern nur einer rein praktischen Entscheidung. Die Frage des guten Aussehens stellte sich bald nicht mehr. Für die morgendliche Katzenwäsche reichte etwas Wasser und eine Bürste für die Haare. Irgendwann stellte ich fest, dass ich nicht einmal mehr in einen Spiegel schaute wenn die Gelegenheit sich dazu bot. Es war nicht mehr notwendig. Ich war einfach ich. Verstrubbelte Haare, ungeschminkt, ohne schicke Kleidung. Ich wollte und musste niemandem gefallen. Keine Überlegung, welchen Eindruck ich wohl auf meine Mitmenschen mache, keine Frage, was diese wohl über mich denken oder reden könnten. Meine Selbstkritik hatte Urlaub, selbst die Speckpölsterchen auf meinen Hüften blieben von ihr verschont. Ich fühlte mich gut in meinem Körper und wenn es wahr ist, dass die Augen der Spiegel der Seele sind, dann haben sie meine innere Schönheit gespiegelt. Sie haben so gestrahlt, dass ich darauf oft angesprochen wurde.

Die Maskerade von Körper und Seele, die wir so häufig anwenden, um im Beruf und Alltag zu bestehen, war unsinnig geworden. Sich keinem Mode- oder Schönheitsdiktat mehr zu unterwerfen, war eine der vielen kleinen Freiheiten, die ich auf dem Camino erfahren habe.

Meine Zeit selbst zu planen, war einer der Freiräume, der mir wirklich wichtig war. Aufstehen, losmarschieren, rasten, stehenbleiben, weitergehen – in meinem eigenen Tempo, nach meinen Vorlieben. Lediglich das Wetter und Übernachtungsmöglichkeiten sollten mich einschränken dürfen. Um morgens rasch und vor allem möglichst geräuscharm aufbrechen zu können, war der Rucksack am Vorabend weitgehend wieder gepackt, die Kleidung lag griffbereit. Mit wenigen Handgriffen räumte ich morgens mein Bett und schleppte meine Habseligkeiten möglichst leise aus dem Schlafraum, um mich draußen anzuziehen und fertigzupacken. Häufig genug wurde ich nämlich selbst durch Mitpilger geweckt, die persönliche Freiheit einfach mit Rücksichtslosigkeit verwechselten.

Mein Handy hatte ich nur für den Notfall dabei. Es blieb den ganzen Tag ausgeschaltet, am Abend gab es einen SMS-Gruß nach Hause, einmal pro Woche habe ich angerufen. Zu Beginn war mir selbst diese von meiner Familie erbetene Notwendigkeit lästig, am Ende meiner Reise konnte ich mich über jede Nachricht wieder freuen. Nicht immer und überall erreichbar zu sein, war noch vor einigen Jahren ein alltäglicher Zustand. Das Leben nimmt seinen Lauf, auch ohne dass wir über die vielen kleinen und großen Katastrophen täglich informiert werden. Heute wird das Handy so selbstverständlich wie der Hausschlüssel mitgenommen. Wie viele wichtige Nachrichten erhalten wir dadurch tatsächlich? Viel häufiger passiert es doch, dass jede Arbeit und jedes Gespräch, das wir beginnen, von eingehenden Anrufen oder Nachrichten unterbrochen wird. Wir erleben kaum noch wie viel Befriedigung darin liegt, sich einer Aufgabe ganz konzentriert und ungestört zu widmen, in aller Ruhe ein Essen zu genießen oder einen Gesprächspartner intensiv wahrzunehmen und so auch das zu verstehen, was uns seine Körpersprache mitteilt.

Wenn man wie ich in teilweise so abgelegenen Gegenden unterwegs ist, vermittelt das Handy nur eine scheinbare Sicherheit. Viel wahrscheinlicher ist es, dass gerade dann der Akku leer oder kein Empfang möglich ist, sollte in irgendeiner Form ein Notfall eintreten.

Die Erleichterungen bei der alltäglichen Arbeit, die mit der Technik Einzug in unser Leben gehalten haben, sparen uns nicht nur Arbeitskraft und Zeit. Sie bringen uns Freiheit und Abhängigkeit zugleich. Wir verlassen uns oft mehr auf die Technik als auf uns selbst, wir verlieren in vielen Bereichen die Möglichkeit, Erfahrungen zu sammeln und auf unser Bauchgefühl zu hören.

Sich zurückziehen können und ungestört zu sein, ist heute sehr selten. Zum ersten Mal in meinem Erwachsenendasein erlebte ich während meiner Pilgerreise eine echte „Auszeit“. Nicht nur, dass ich für mich selbst wenig planen musste. Ich hatte viele Tage, in denen von niemandem meine Aufmerksamkeit, meine Arbeitskraft oder meine Zeit gefordert wurde. Tage, die nur mir gehörten. Zeit, in der nur ich mir gehörte. Dieser persönliche Freiraum war wirklicher Luxus und eine der großen Freiheiten in diesen Wochen.

Die spinnen, die Römer...

Bin völlig ausgelaugt in Lugo angekommen. Ich brauche einen Ruhetag und suche mir eine Pension. Diese ist eher schon ein Hotel und sehr schön, wenn auch die teuerste Unterkunft auf meinem Camino. Ich wäre gern noch einen Tag geblieben, aber die Zimmer sind ausgebucht, wie viele an diesem Wochenende, denn es findet ein Fest statt, zu dem in diesen Tagen mehr als 300.000 Besucher kommen werden. So wechsle ich am nächsten Tag in die Herberge, die direkt in der Altstadt liegt.

Den Ruhetag habe ich nötig. Ich glaube, ich habe mich bei dem „Wettrennen" am vorigen Tag überanstrengt. Hatte am Abend schon Kopfschmerzen durch den hohen Puls bei der Passetappe, die ich viel zu schnell hochgestürmt war, um vor der unsympathischen Gruppe oben anzukommen. Dabei war der Anstieg wirklich schlecht zu gehen. Lang, steil, dabei sandiger und steiniger Untergrund auf dem die Stöcke kaum Halt gaben. Die anschließende Nacht in der Herberge war nicht wirklich erholsam. 12 Pilger in einem kleinen Raum, in dem kein Fenster zu öffnen war, und wenig Schlaf. Bin sehr früh morgens schon mit Halsschmerzen aufgewacht. Es ist mehrmals vorgekommen, dass ich schlaflose Nächte hatte, und das Schlagen der Kirchturmuhren zu jeder Stunde mitgezählt habe. Insbesondere nach körperlich anstrengenden Tagen oder wenn mich viele Gedanken bewegten, fand ich keine Ruhe.

Da hilft nur aufstehen und weitergehen! So marschiere ich schon kurz vor sechs Uhr wieder los. Es ist noch so dunkel, dass der Weg kaum zu sehen ist. Gleich ein heftiger, langgezogener Anstieg durch Felder und einen Wald. Ich habe eine Jacke an, denn es ist noch sehr kühl. Durch die Anstrengung und die beginnende Erkältung gerate ich jedoch bald so ins Schwitzen, dass ein feiner Schweißfilm Gesicht und Kopfhaut überzieht. Stechmücken und unzählige kleine Fliegen halten mich daraufhin für ihr Frühstück und umschwärmen mich wie besagte Motten das Licht. Gottseidank schlafen die Spanier noch und so beobachtet keiner meine hektisch wedelnde und mückenklatschende Pantomime. Heilfroh bin ich, als ich nach einer guten Stunde das erste Dorf erreiche. Der unwiderstehliche Duft aus dem nächsten Kuhstall überlagert den meinen und zieht die Fliegen magisch an!

Die ersten 22 Kilometer sind gut zu gehen, hauptsächlich Wald und Wiesen. Dann, in der größten Mittagshitze, führt der Weg 2 Kilometer entlang einer stark befahrenen Landstraße. Ungefähr 6 Kilometer liegen noch vor mir. Ich mache eine längere Pause in einem schattigen Wäldchen. Fühle mich ziemlich ausgepowert. Die Etappe des nächsten Tages führt anstrengende 30 Kilometer überwiegend über Asphaltwege nach Friol. So entscheide ich mich zuvor einen Ruhetag in Lugo einzulegen.

Zur Zeit der römischen Besatzung war Lugo römische Hauptstadt der Provinz Galizien. Die Mehrzahl der hier lebenden Spanier halten sich wohl für direkte Nachfahren von Julius Cäsar. Ansonsten wäre es nicht zu erklären, dass sie hier drei Tage lang ausgelassen die damalige Besatzung feiern. Die Hälfte der Besucher läuft hier als Römer, Prätorianer oder Barbaren verkleidet herum. Ganze Familien, einschließlich der Babys im Kinderwagen, sind in weiße

Gewänder mit farblich identischen Überwürfen gekleidet. Der Stolz und die Würde ehrbarer Senatoren sind ihnen in Fleisch und Blut übergegangen. Außerhalb der Stadt finden Wagenrennen statt, vor dem Rathaus wurde mit Palisaden eine Garnison nachgebaut, die von knackigen Soldaten bewacht, immer nur eine begrenzte Anzahl Schaulustiger hereinlässt. Die Praza Mayor hat sich in einen Markt verwandelt, auf dem die stolze Römerin Blumenkränze für ihr Haupt, der Barbar Trinkhörner, Ledergamaschen und Felle und das einfache Volk Tonkrüge erstehen kann. Die mit neuen Holzschwertern ausgerüsteten Nachwuchsrömer toben zwischen der Menge hindurch, ständig in Gefechte verwickelt. Dreimal stürze ich mich ins Getümmel, esse zum ersten Mal in meinem Leben gekochten Pulpo – eine einheimische Spezialität. Von der Konsistenz her ein bisschen gewöhnungsbedürftig, insbesondere die Fangarme mit den kleinen Saugnäpfen. Vom Geschmack, mit grobem Salz, Olivenöl und kräftigem Brot gegessen, aber ganz gut.

Den ganzen Tag – und leider auch die halbe Nacht – finden sehr „unordentliche" Umzüge statt, bei denen nicht immer zu unterscheiden ist, wer mitgeht und wer Zuschauer ist. Fanfarengeschmetter, Trommeln, Soldaten zu Fuß und zu Pferde, die sich auf jedem kleinen Platz in Formation aufstellen und Übungen zeigen, Menschenmengen die durch die kleinen Gassen der Altstadt wogen. Jede Bar, jedes Café oder Restaurant ist brechend voll, Met und Wein fließen in Strömen. Groß und Klein feiern die ganze Nacht.

Asterix und Obelix hätten ihre helle Freude gehabt. „Die spinnen, die Römer…"

Kameradschaft

Der letzte Tag, an dem ich alleine pilgern werde. Ich bin auf einem kaum begangenen Zubringer vom Camino Primitivo zurück zum Camino del Norte unterwegs. Dadurch kann ich die unvermeidliche gemeinsame Strecke vor Santiago auf dem vielbegangenen Camino Frances so kurz wie möglich halten. Ohne Tourgide jedoch ist dieser Weg nicht zu finden! Wie wertvoll so ein gut geschriebener Pilgerführer sein kann, hat sich in den letzten Wochen oft genug gezeigt. Anfänglich hatte ich die Nase fast nur im Buch vergraben, überprüfte auch jede deutlich gekennzeichnete Abzweigung mithilfe der Wegbeschreibung. Das war auf Dauer jedoch zu mühsam und zeitraubend. Bald vertraute ich mehr dem Weg und meinem Bauchgefühl und zog ihn nur noch zu Rate, wenn ich keine Markierungen mehr fand – dass ich mich dann oft bereits verlaufen hatte steht auf einem anderen Blatt. Unschätzbar waren aber die Hinweise zu Übernachtungs- und Einkaufsmöglichkeiten, wenn auch manchmal die Verhältnisse sich zwischenzeitlich geändert hatten, eine Bar geschlossen, dafür an unerwarteter Stelle eine neue eröffnet hatte. Unentbehrlich erwies er sich zum Planen von Tagesetappen durch genaue Angaben von Kilometern und Höhenmetern. Oft wurden wir von unseren französischen Mitpilgern um unseren ausführlichen Pilgerführer beneidet. Diese wählten häufig die Landstraßen, weil ihre Beschreibungen sich an diesen orientierten, oder die markierten Wege zu ungenau erklärten. Auch fehlten ihnen zusätzliche Angaben zu Übernachtungs- und Einkaufsmöglichkeiten. Auf dem Gipfel der „Königsetappe" holten uns bei einer Rast zwei Französinnen ein, die ohne jegliche Verpflegung und nur mit einer kleinen Wasserflasche ausgerüstet den 26 Kilometer langen Weg angegangen waren. Sie waren davon ausgegangen, dass sie ab und an auf eine Bar oder ein Dorf treffen würden. Wir jedoch wussten, dass wir darauf erst am Ende des Tages hoffen konnten. Also füllten wir ihnen die Flasche mit Wasser, später nötigte ich sie noch, sich die letzte Banane und Nüsse aus meinem Vorrat zu teilen.

Heute gehe ich die letzte Etappe von Friol zum Kloster Sobrado dos Monxes. An jeder kleinen Wegkreuzung muss ich meinen Pilgerführer zu Rate ziehen, denn eine nennenswerte Markierung gibt es auf diesem inoffiziellen Weg erst ab dem Erreichen des „Norte“ wieder. Das ist zwar etwas mühsam, aber lohnenswert. Der Weg führt über kaum befahrene Landstraßen, durch malerische kleine Dörfer, die manchmal wie ausgestorben wirken. Ich treffe wesentlich mehr Hunde als Menschen. Diese heften sich in ganzen Gruppen unfreundlich bellend und knurrend an meine Fersen und vergewissern sich, dass ich ihr Territorium zügig wieder verlasse. Den Gefallen erweise ich ihnen möglichst rasch. Zum Abschluss führt der Weg viele Kilometer durch einen wunderschönen, ruhigen Wald. Als ich zur Landstraße komme, auf der der Camino Primitivo und der Norte zusammenführen, beschleicht mich das wehmütige Gefühl, dass meine Zeit mit mir selbst, mein ganz persönlicher Weg, hier zu Ende geht. Von nun an werde ich ihn mit vielen teilen müssen. Kaum auf dem Norte angekommen, holt mich bei der ersten Rast Friedl, ein Mitpilger aus Bayern, ein. Wir kommen ins Gespräch und treffen den restlichen Weg immer wieder aufeinander. Im Kloster selbst herrscht ein lebhaftes Treiben. Hier werden heute ungefähr 230 Kinder und Jugendliche übernachten, die ebenfalls streckenweise nach Santiago pilgern. Die Klosteranlage ist erfüllt von Lärmen, Lachen und dem Gewusel vieler Kinder. Einige sprechen mich auf dem Weg zur gemeinsamen abendlichen Vesper an, wollen wissen, woher ich komme und wie lange ich schon unterwegs bin. Manche von ihnen wollen die Pilgerreise wiederholen, wenn sie erwachsen sind – aber nur als Radpilger, denn das lange Gehen finden sie ganz schön lästig.

In der eigentlichen Pilgerherberge übernachten ca. 25 Pilger. Schon vor 6 Uhr morgens wird es wieder unruhig. Die ersten brechen bereits wieder auf, also mache auch ich mich auf den Weg Richtung Arzua. Bei der ersten Kaffeepause treffe ich Friedl wieder. Von da an gehen wir ab und zu gemeinsam. Friedl ist eine angenehme Begleitung. Man kann mit ihm reden, man kann mit ihm schweigen, er hat den gleichen Schritt und verhält sich unaufdringlich und rücksichtsvoll. Es ist sein zweiter Camino. Zu pilgern war ihm als sehr gläubigem Menschen schon immer ein Traum. Vor einigen Jahren erfüllte er sich diesen und ging auf dem Camino Frances nach Santiago. Dann erkrankte er schwer an Krebs und nahm sich vor, erneut zu pilgern, wenn er diese Krankheit überwunden haben sollte. So treffe ich ihn bereits ein Jahr später auf dem Camino del Norte an. Die schwere Zeit hat deutliche Spuren hinterlassen, der anstrengende Weg und ein vor wenigen Tagen überstandener Infekt mit hohem Fieber haben seinen Körper ausgezehrt. Er wirkt wie aus Haut und Knochen, die Kleidung flattert um seine hagere Gestalt, in seinen Gürtel hat er zusätzliche Löcher gestanzt, denn seine Hose findet auf der Hüfte nirgends mehr Halt. Er wirkt zerbrechlich und gleichzeitig wie aus zähem, altem Leder. Doch er strahlt vor Lebensfreude und Freundlichkeit. Er ist ein guter Kamerad.

Ich buche für uns für die nächsten Tage telefonisch eine private Herberge und Pensionen bis Santiago. Er ist sehr froh darüber, und es ist auch ganz gut so, denn der Ansturm in Arzua ist unvorstellbar. Als wir bereits gegen 12 Uhr 30 nach nur 22 Kilometer eintreffen lagern bestimmt schon 40 Pilger vor einer der öffentlichen Herbergen und warten darauf, eingelassen zu werden. Hier treffen der französische Hauptweg und der Camino del Norte aufeinander. Die über 300 Pilgerbetten sind bis zum frühen Nachmittag alle belegt und auch die Pensionen gut gebucht. Es macht nicht wirklich Spaß, sich am nächsten Morgen in die Kolonnen einzureihen. Der Pilgerweg führt an unserer Herberge vorbei. Es ist noch dunkel, als uns das rhythmische, unaufhörliche Klacken der Wanderstöcke auf Asphalt weckt. Ohrstöpsel helfen nicht wirklich. Irgendwann stehen wir dann doch auf und gehen erst mal frühstücken. Wir haben heute nur eine kurze Etappe von ca. 18 Kilometern geplant und wollen erst los, wenn die meisten Pilger schon weg sind. Aber die „Klapperschlange" reißt nicht ab. Gegen 7 Uhr reihen wir uns ein und fühlen uns wie auf einer Pilgerautobahn. Hier erlebe ich erstmals auch eine Menge Radpilger, die sich zusätzlich zwischen den Fußpilgern hindurch schlängeln. Eine große Umstellung für mich, die ich das Alleinpilgern so schätzen gelernt habe. Aber jeder Pilger hat das gleiche Ziel und den gleichen Anspruch, dieses auch zu erreichen.

Wir bleiben bis Santiago zusammen und gehen auch gemeinsam los Richtung Fisterra. Unterwegs trennen wir uns nochmals für 3 Tage, da ich über Muxia nach Fisterra pilgern möchte. Als wir beide kurz vor Santiago krank werden, sind wir uns gegenseitig Hilfe und Unterstützung. Pilgerkameradschaft im besten Sinne.

Bilder zu *Die spinnen, die Römer; Kameradschaft* und *Glück*
http://www.verlag-waldkirch.de/pics/Jakobsweg5.pdf

Begegnungen

Ich will von den Menschen erzählen oder der „Magie des Weges“, wie es eine Mitpilgerin genannt hat. Von der Tatsache, dass immer dann, wenn man wirklich nicht mehr weiß, wie man weitergehen muss, eine Frau ans Fenster klopft, ein Bauer aus dem Stall tritt und dir die Richtung zeigt. Darauf kann man sich verlassen. Selbst in der einsamsten Gegend taucht wie durch ein Wunder ein Mensch auf, der dir weiterhilft. Bleibt er aus, liegt es an dir! Dann gibt es irgendwo Hinweise auf den Weg. Vielleicht nicht auf Augenhöhe, schon fast verblasst, halb hinter Gestrüpp verborgen. Mach die Augen auf und sieh…oder werde „kreativ“, wie Ernesto, der Pilgervater in Güemes, rät. Hör auf dein Gefühl und such deinen eigenen Weg.

Ich habe viel Hilfsbereitschaft und Herzlichkeit erlebt. Lediglich mit Zeit – und Entfernungsangaben tun die Spanier sich offensichtlich schwer. Diese kann man getrost verdoppeln, um eine etwa realistische Einschätzung zu erreichen.

Da war Antonio, ein Rentner, der am Ende des ersten Tages unseren mühsamen Weg durch eine Kletterwand beobachtete und dem unsere Erschöpfung nicht entging. Er wartete am Ortseingang auf uns und brachte uns auf dem kürzesten Weg zur neueröffneten Herberge. Menschen, die dich ein kleines Stück begleiten und dir den weiteren Weg beschreiben (es ging kilometerweit geradeaus, ein Verlaufen nahezu unmöglich!) und dabei begeistert erzählen, dass auch sie irgendwann auf einem Camino unterwegs waren. Eine alte Frau in einem kleinen Laden, die mich „meine Tochter“ nannte und mir einen guten Weg wünschte. Anteilnahme und Freundlichkeit der Menschen in einem dörflichen „Centro del médico“, die alte Frau, die mich gerührt umarmte. Autofahrer, die grüßend hupen und winken und selbst in großen Städten wie Bilbao Passanten, die dir „¡Buen Camino!“ zurufen. Der Wirt in einer einsam gelegenen Bar, der nur für mich ein „Menú del dia“ zubereitete, einen entsetzlichen Weißwein kredenzte, dafür aber dankbar für Gesellschaft, sich an meinen spanischen Gesprächsversuchen erfreute. Zum Abschied eine Umarmung und ein Küsschen auf die Wange: „Un beso para una alemana simpática“. Die liebenswerte Oma, die, mit Kittelschürze und Hausschuhen bekleidet, es sich nicht nehmen ließ, mich mühsam schlurfend eine steiles Sträßchen hinauf zu begleiten, um mir den Weg zu weisen. Der Taxifahrer, der mich schließlich die letzten Meter bis zur Kathedrale von Santiago fahren musste, dem meine Enttäuschung und Traurigkeit darüber nicht entging und der mich tröstend in den Arm nahm.

Es gab auch skurrile Begegnungen:

Oft folgt der Camino einem Umweg und führt an Kapellen und Kirchen, oder auch nur an deren Ruinen vorbei. Außerhalb der Gottesdienstzeiten sind diese in der Regel aber immer abgeschlossen und nicht zu besichtigen. So freute ich mich, als ich an einer Wegkreuzung einmal ein Hinweisschild zu einer Dorfkirche fand, die ausdrücklich die vorbeikommenden Pilger zu einem Besuch einlud. Ich nahm einige hundert Meter Umweg gern in Kauf, stellte meinen Rucksack vor dem Portal ab und setzte mich in der kleinen Kirche in eine der vorderen Bankreihen. Einige bemalte einfache Heiligenstatuen, viele Plastikblumen und Spitzendeckchen, fast schon kitschig aber liebevoll dekoriert. Ich war in Gedanken versunken, als ich jemand mit schnellen, hinkenden Schritten den Gang entlangkommen hörte. Ein Geräusch wie in einem schlechten Gruselfilm. Meine Nackenhärchen stellten sich und ich blickte auf. Ein altersloser, wahrscheinlich geistig behinderter Mann stand vor mir, strahlte mich an, schüttelte lange begeistert meine Hand, zeigt immer wieder auf den Altar und gab unverständliche Laute von sich. Er verschwand so schnell wie er aufgetaucht war. Ich folgte ihm langsam zum Vorraum, drückte den bereitliegenden Stempel in meinen Pilgerausweis und verteilte meine Spende gleichmäßig in die verschiedenen kleinen Opferstöcke. Jeder Heilige hatte hier einen eigenen. Gerade wollte ich mich auf den Rückweg machen, als ich eine Frau die Dorfstraße entlang auf mich zueilen sah. Sie wischte sich die Hände beim Laufen noch an der Kittelschürze sauber und begrüßte mich dann freundlich. Offenbar war sie sofort über den unerwarteten Besuch unterrichtet worden und wollte mich persönlich willkommen heißen.

Da war der Bauer in dem Bergdorf am Camino Lebaniego, der – da alle Verständigungsversuche an dem örtlichen Dialekt gescheitert waren – mir den Weg zur Herberge zeigte. Er fuhr mit seinem kleinen Traktor vor mir her und winkte gestenreich, ich solle ihm folgen. Das tat ich denn auch, versuchte allerdings, gebührenden Abstand zu halten, denn aus seinem kleinen, randvoll beladenen offenen Anhänger schwappten mir auf dem holperigen Weg unablässig grünlich schillernde Fäkalien vor die Füße.

Diese und viele andere Begegnungen waren wie das Salz in der Suppe, sie haben meinen Pilgeralltag bereichert und ich empfand sie als ein Geschenk. Voll Vertrauen habe ich mich den Menschen geöffnet und immer Freundlichkeit und Entgegenkommen erlebt.

Nie aber, kein einziges Mal, gab es eine Situation, in der ich mich belästigt oder gar bedroht gefühlt hätte!

Soweit die Füße tragen

Ungefähr 1000 Kilometer bin ich gelaufen und nein, es gab keinen einzigen Tag an dem ich mich selbst zum Losgehen überreden musste. Im Gegenteil. Ich hatte mir für diese Pilgerreise einen großzügigen Zeitrahmen eingeräumt. Ursprünglich wollte ich an besonders reizvollen Orten auch mal ein, zwei Tage bleiben oder einen Ruhetag einlegen. Tatsächlich habe ich das kaum getan. Der Wunsch zu pilgern war größer. Das Gehen an sich war viel wichtiger für mich. Ich hatte keine Lust, mir wie eine Touristin Sehenswürdigkeiten anzusehen. Die in Stein gehauene Vergangenheit sagte mir oft wenig. Ich erlebte es mehrmals, dass Orte oder Gebäude, die als Höhepunkte der Pilgerreise gelten, mich nicht berührten, während sie für Andere Orte voller Kraft und Energie waren. Meine eigenen Kraftorte fand ich trotzdem und es kann gut sein, dass sie nur für mich und mein Empfinden voller Magie sind.

Ich habe zwei Tage lang mit mir gerungen, ob ich den Seitenweg Camino de Lebaniego gehen sollte. Da ich erst unterwegs von diesem erfahren hatte und mich nicht vorbereiten konnte, schwankte ich zwischen Abenteuerlust und Risikoabwägung. Schließlich hatte ich für diesen Camino weder Tourgide noch Wanderkarte, im Internet kursierten über den noch relativ unbekannten Weg die wildesten Gerüchte. Blieb nur der unerklärliche, starke Wunsch, zum Kloster Santo Toribio zu pilgern. In diesem Kloster wird ein Stück vom Kreuz Jesu aufbewahrt. Es ist mit Santiago de Compostela, Jerusalem und Rom eine der vier Kirchen, die in ihrem jeweiligen Heiligen Jahr den Gläubigen den vollkommenen Sündenerlass gewähren können. Der Herbergsvater in San Vicente de la Barquera bestärkte und ermutigte mich. Der Weg war anstrengend, schwierig und voller Abenteuer und schöner Begegnungen. Am ersten Tag führte er mich fast ausschließlich über die durch die hohen Tagestemperaturen aufgeheizten Landstraßen. Das Gebiet war sehr dünn besiedelt, nur selten waren in der Ferne mal Gebäude oder gar ein Dorf zu sehen. Ich verlor viel Zeit bei dem Versuch, einem Wegweiser über die Berge weg von der Straße zu folgen. Zunächst kämpfte ich mich durch knöcheltiefen Morast und Schlamm, fand auch den Abzweig in den Hochwald. Außer Atem und von Dornen zerstochen erreichte ich schließlich oberhalb der Baumgrenze die Berghöhe. Doch alles Suchen half nicht. Hier oben waren weder ein Trampelpfad noch weitere Wegmarkierungen zu finden. „Was hast du erwartet? Markierungen vom Alpenverein? Du bist hier nicht in Österreich!“ Laut mit mir selbst und vor mich hin schimpfend machte ich schließlich kehrt. Ich wusste ja noch nicht einmal, in welcher Himmelsrichtung mein Etappenziel lag. Also vernünftig sein und zurück auf die Straße. Um einige Blasen reicher traf ich am späten Abend in einem Bergdorf ein. Die Verständigung mit den wenigen Dorfbewohnern, die ich traf, erwies sich durch den mir unverständlichen dörflichen Dialekt als eher schwierig. Die Altherrenriege, die neben der kleinen Kirche auf einer Bank saß, schickte mich zurück auf die Umgehungsstraße, als ich sie nach der Herberge fragte. Vermutlich hörte sich mein Spanisch für sie ebenfalls wie Kauderwelsch an. Das neueste Gebäude am Ende des Dorfes war schließlich die Herberge. Zum Glück hatte ich mir mittags bei einem Umweg über ein Dorf ein mit Tortilla belegtes Brot einpacken lassen. Das war nun Abendessen und Frühstück für den nächsten Tag zugleich. Ich war viel zu müde, um in diesem verlassenen Nest noch nach einer Bar zu suchen. Mutterseelenallein verbrachte ich diese Nacht, verkroch mich im hintersten Bett des Schlafraumes, um dem permanenten, hellen Schein der Notbeleuchtung zu entgehen.

Der nächste Tag führte mich in einer anstrengenden Odyssee dann mehr Berge hinauf und hinab als mir lieb war. Nach einer Übernachtung in einer privaten Unterkunft ging ich den Morgen darauf zum Pilgerbüro, das sich in einer Art Kulturhaus befand. Es war – entgegen aller Angaben zu den Öffnungszeiten – immer noch geschlossen. Eine ganze Schar Kindergartenkinder mit ihren Erzieherinnen warteten darauf, endlich zu einer Ausstellung eingelassen zu werden. Eine der Begleiterinnen sprach mich an und ich erzählte ihr, dass ich auch schon am Vorabend vergeblich hier gewesen war. Das erboste sie so, dass sie beherzt gegen die Tür hämmerte und lautstark die Öffnung verlangte. Der daraufhin erscheinenden Mitarbeiterin machte sie heftige Vorwürfe über die schlechte Behandlung von müden Pilgern. Es stellte sich heraus, dass die Angaben auf meinem Faltblatt einfach nicht mehr aktuell waren. Der Frau tat es trotzdem sehr leid, dass ich niemand erreicht hatte und sie bot mir als Ausgleich an, mich einen weiteren Tag kostenlos in der Herberge zu erholen.

Diese war sehr groß, mit über sechzig Betten in mehreren Räumen und war wie ein Keller unter den Marktplatz direkt neben den Fluss gebaut. Obwohl sie nur wenige Jahre alt war, wirkte sie etwas verwahrlost und ungepflegt. Schon längere Zeit war hier nicht mehr geputzt worden. Benutzte Bettwäsche stapelte sich im Flur. Es verirrten sich wohl eher selten Pilger hierher. In der Nacht vermischte sich das Geräusch des Wassers mit dem beständigen Nieselregen zu einem gemeinsamen Rauschen. Lag es am Vollmond oder dem Wasserrauschen, der körperlichen oder der seelischen Anstrengung, dass ich nicht schlafen konnte? Das Licht des Mondes und die auf der anderen Seite des Flusses schwach schimmernde Straßenlaterne beleuchteten mein Zimmer. In ihrem fahlen Schein saß ich am bis auf den Boden reichenden Fenster und schrieb die halbe Nacht. Gedanken und Gefühle, die wie nach einem Erdrutsch zum Vorschein gekommen waren, füllten die Seiten. Ich führte kein regelmäßiges Pilgertagebuch. Doch besondere Erlebnisse schrieb ich in mein Erinnerungsheft.

So war ich am Morgen dieses Tages ohne Rucksack die letzten drei Kilometer zu dem auf einem Berg gelegenen Kloster hinaufgegangen. Eine große Gruppe Bustouristen bevölkerte den Hof. Der Pater, den ich ansprach, misstraute wohl meinen Beteuerungen ich sei Pilgerin, da ich ohne Rucksack vor ihm stand. Er schickte mich kurzerhand in den Klosterladen, um meinen „Sello“ abzuholen. Dort bekam ich auf eindringliches Nachfragen auch meinen „Credencial“ – unausgefüllt – ausgehändigt. Mir schien es so, als ob zahlungskräftige Touristen hier mehr bedeuteten als Pilger. Auch die Kirche sagte mir nichts. Was hatte mich nur hierher gerufen? Wofür hatte ich diese Strapazen auf mich genommen? Ich fühlte mich deprimiert und wollte schon enttäuscht aus der Kirche gehen, als ich in einer Seitenapsis die „Maria der Engel“ entdeckte. Durch die Darstellung dieser Statue fühlte ich mich im Innersten angesprochen. Sie hat etwas Natürliches an sich. Das Kind auf Ihrem Arm wendet sich nicht dem Betrachter, sondern seiner Mutter zu und liebkost sie. Ich habe mich davor gekniet und – erstmals seit langem – so etwas wie gebetet. Der Ausdruck dieser Marienfigur rührte mich zutiefst. Für mich war es ganz einfach das Bild einer Mutter, die von ihrem Kind spielerisch und liebevoll im Gesicht berührt wird. Vielleicht habe ich diese Innigkeit gefühlt, die der Bildhauer gesehen und die ihn zu dieser ungewöhnlichen Darstellung inspiriert hat. Ich habe das Gesicht in die Hände geborgen und geweint. Ich habe mich selbst gesehen mit meinen Kindern auf dem Arm und habe diese kleine Hand im Gesicht gefühlt. Ich war einfach nur dankbar für meine Kinder! „Die Seele reinigt sich mit Tränen und Trauer muss dafür nicht der Grund sein."

Ich denke die „Maria der Engel" war das Wichtige am Ende dieses Wegabschnittes. Der Weg selber ist und bleibt das Ziel.

Glück

Es gibt sie. Diese Augenblicke voll inneren Friedens und vollkommener Harmonie. Du hast mich gefragt, worüber ich nachdenke, wenn ich stundenlang alleine wandere. Nein, ich wälze keine Probleme, denke tatsächlich wenig über Vergangenheit oder Zukunft nach. Ich lasse die Gedanken los, manchmal toben sie wie junge Pferde umher. Auch das ist ein Stück unerprobter Freiheit. Kein Zwang, Lösungen für ein Problem zu suchen, zu planen oder konzentriert nachdenken zu müssen. Es gibt auch für die Gedanken keine Zensur mehr. Jeder, der mir durch den Kopf spukt, ist mir gleich willkommen. Manchmal, häufig in den schlaflosen Nächten, lösen sich aus den Tiefen meines Bewusstseins klare Einsichten. Ich beginne Erfahrungen und Verhaltensweisen neu zu verstehen, eigene und fremde Schwächen zu verzeihen, meine eigene Unvollkommenheit zu akzeptieren. Mitgefühl erwächst aus diesem Wissen.

Ich denke so wie ich atme. Ich gehe so wie ich atme. Ganz selbstverständlich.

Meine Aufmerksamkeit gilt meinem Weg. Steinen, Furchen, ausgewaschenen Rinnen. Ich genieße die oft unglaubliche Landschaft, die so wenig mit meiner Vorstellung von Spanien zu tun hat. Das Herz geht mir auf, wird weit, Dankbarkeit kehrt ein, liebevolle Zuwendung zu allem, was mir begegnet. Oft sehe ich sanfte, grasbewachsene Hügel, offene Weideflächen mit Kühen, Kälbchen, Pferden und ihren Fohlen. Viele tragen Kuhglocken. Klang und Landschaft erinnern stark ans Allgäu – bis man sich umdreht und aufs Meer blickt. Ich ertappe mich dabei, wie ich mit einem

Kälbchen rede, das traurig triefend im Regen steht. Wir wären beide lieber im Trockenen. Ich betrachte Blumen, streiche sanft die Blütenkelche oder ertaste die Oberfläche von Blättern. Nichts ist lächerlich und nichts ist in diesem Moment wichtiger. Ich bin wie ein Kind, das zum ersten Mal die Welt sieht. Da beim Alleinpilgern die Wechselwirkungen mit anderen Menschen ausbleiben, kann man auch romantische Empfindungen zulassen. Sie bleiben unzensiert, unkommentiert. Dieses Gehen – Stunde um Stunde, Tag für Tag – verändert meine Wahrnehmung. Es gibt so wenig, worum ich mich kümmern oder was ich organisieren muss, dass mein Denken frei wird. Ich bin wie ein großes Gefäß, das alle Eindrücke aufnimmt. Meine Augen werden zu einer Kamera, die Blumen, Farben, Tiere, Steine, Menschen in meine Erinnerung brennt. Ich sehe alles mit offenen Augen. Blumen, Bäume und Sträucher gewinnen eine neue Bedeutung. Einmal erinnert mich eine Landschaft stark an Gegenden in Deutschland. Hügel und Wälder wie daheim. Buchen, Birken und Eichen, dazwischen Wiesen und kleine Bäche. Ich bekomme zum ersten Mal Heimweh. Es zeigt mir, wie sehr ich diese Wälder liebe, gibt mir das Gefühl, da gehöre ich hin. Am meisten gefallen mir Pappeln. Ihre Blätter rauschen und flüstern im Wind. Sie bringen mich zum Träumen. Ich stelle es mir schön vor, einmal unter einem solchen Baum begraben zu werden. Ich liebe den Duft von getrockneten Pinien- oder Tannennadeln an einem heißen Sommertag, das Rascheln von welkem Laub im Herbst, die feuchten Nebel, die von den Bäumen tropfen, der schwere, reife Geruch nasser Erde, die Kühle und Stille beim Wandern in der Morgendämmerung.

Am Wegesrand finde ich eine Ansiedlung gelber Blumen wie kleine Sonnen. Zartgelb, flauschig gefüllt, überreich und in ihrem Inneren sanft. Sie erinnern mich an meine jüngere Tochter Felicia. Welche passen wohl zu meiner älteren Tochter? Ich suche schon lange, als ich eine Ansammlung magentafarbener Blüten auf silbrigen Stengeln entdecke. Sie blühen neben einem Rosenbusch. Ich habe sie noch nie vorher gesehen. Doch ich war lange vorbei, als mir klarwurde, diese Blume passt zu meiner Tochter Samira, starke Kontraste und strahlend im Mittelpunkt. Eine halbe Stunde später grüßte ein einzelnes Exemplar am Wegesrand. Jede Rose lässt mich an dich denken. Stolz und manchmal unnahbar. Ich selbst liebe die Farbenvielfalt, die Wandlungsfähigkeit von Hortensien. Einmal entdecke ich eine Rose und eine Hortensienblüte die dicht aneinandergeschmiegt wachsen. Ein Symbol für unsere Liebe? Ich habe sie für euch fotografiert.

Irgendwann stelle ich überrascht fest, dass ich ganze Tageswanderungen in allen Einzelheiten in meiner Vorstellung nachvollziehen kann. Ich erinnere mich nicht nur an den Weg, den ich in Gedanken Schritt für Schritt nachgehen kann, an Menschen, die mir begegnet sind oder besonders schöne Ausblicke. In meinem Kopf läuft ein Film, auf dem Nebensächlichkeiten wie Steine, Wasserpfützen oder eine Fliege genauso festgehalten sind wie die Wärme der Sonne und meine jeweiligen Gefühle. Die Erinnerung ist so intensiv und unverfälscht, dass ich mich augenblicklich wieder zurückversetzt fühle.

Manchmal versuche ich beim Gehen mich nur darauf zu konzentrieren, was ich hören kann. In der vermeintlichen

Stille und Abgeschiedenheit setzen sich Vogelgezwitscher, das Summen von Fliegen, eine vereinzelte Grille, weit entfernte Motorgeräusche, das Gluckern in meiner Wasserflasche, das Rascheln meiner Hose und mein eigener Atem zu einem Geräuschkonzert zusammen. Am schwersten ist es, verschiedene Gerüche gleichzeitig wahrzunehmen. Manchmal kann ich unterschiedliche Temperaturen in der Luft auf meiner Haut fühlen.

Ich bin im Meditieren nicht geübt, aber ich erlebe seltene Augenblicke, in denen alle Gedanken gedacht sind. Dann liegt die Antwort auf alle Fragen und Seelenregungen nur noch im Erspüren und Empfinden. Wenn der Weg einfach zu gehen ist, keine spektakulären Aussichten oder fragwürdige Abzweigungen meine Aufmerksamkeit fordern, wenn mich keine schmerzenden Blasen kümmern und der Rucksack scheinbar ohne Gewicht auf dem Rücken festgewachsen ist, gehen meine Beine von alleine, finden die Füße so selbstverständlich wie mein Atem ihren Weg. Dies sind die vollkommensten Augenblicke, wenn es gelingt, an nichts mehr zu denken, sondern einfach nur zu sein. Ein Teil dieser Natur, eingebettet im Dasein. Kein jubilierendes Hochgefühl, eher ein Empfinden von großer Dankbarkeit, tiefem Frieden und stiller Freude. Ein leises Lächeln der Seele. Wunschlos glücklich bin ich in diesen Minuten.

Ankunft in Santiago de Compostela

Der Höhepunkt, das Ziel der Pilgerreise sollte es sein. Die ganzen letzten Kilometer durch die Stadt in aufgeregter Stimmung. Erleichtert, weinend, glücklich, stolz vor der Kathedrale in Santiago stehen. Einen Mitpilger umarmend, fotografierend, den Liebsten daheim zum Beweis und für sich selbst zur Erinnerung. So hatte ich mir meine Ankunft in Santiago ungefähr vorgestellt!

Doch manchmal kommt es anders, als man sich das so denkt.

Da die Privatherberge bereits ausgebucht war, hatte ich für Friedl und mich in der Nähe von St.Irene/Arco als letztem Etappenziel vor Santiago ein Zimmer in einem Rasthof abseits des Caminos gebucht. Im dazugehörenden Restaurant wurde uns am Abend ein scheußliches Essen serviert, das wir nach wenigen Bissen stehen ließen. Die Vorspeise war lauwarm, die zeitgleich servierte, undefinierbare Hauptspeise roch unappetitlich. Vermutlich standen diese seit dem Nachmittag trotz der hohen Tagestemperaturen ungekühlt in der Küche. Den nach einer Beschwerde ersatzweise gebrachten Salat konnte ich bereits nicht mehr essen, selbst der Milchgeschmack des Kaffees verursachte mir Übelkeit. Entweder an diesem Abendessen oder dem mittags gegessenen Salat mit Thunfisch hatten wir uns gründlichst den Magen verdorben. Bereits um 20 Uhr lagen wir ermattet in unsere Betten. Ich litt an heftigem, anhaltendem Durchfall, Friedl musste sich mehrfach übergeben. Nach drei Stunden bekam ich durch den andauernden Flüssigkeitsverlust Krämpfe in den Händen, Schweißausbrüche, mich fror, ich zitterte und konnte mich kaum noch auf den Beinen, geschweige denn einen Trinkbecher halten. So entsetzlich elend hatte ich mich noch nie in meinem Leben gefühlt. Friedl holte eine Angestellte, die bei meinem Anblick kurzerhand einen Krankenwagen rief.

6,5 Wochen und ca. 870 Kilometer war ich nun unterwegs und so kurz vor meinem Ziel! Mit Ambulanz und Blaulicht bin ich dann die letzten 17 Kilometer um Mitternacht nach Santiago gefahren. Ein Sanitäter schob mich in einem Rollstuhl zur Notaufnahme, der andere fuhr meinen Rucksack samt Wanderstöcken in einem anderen Rollstuhl hinterher. Eine denkwürdige Prozession! In der Notaufnahme war selbst um diese Zeit Betrieb wie montags nach einem langen Wochenende im Wartezimmer beim Hausarzt. Da ich mit der Ambulanz eingetroffen war, wurde ich unverzüglich zur Aufnahmeärztin gebracht. Obwohl ich mich so elend fühlte, war mein ganzes schauspielerisches Talent gefragt, um meine Situation zu beschreiben. Keiner der Ärzte sprach zu meiner Überraschung Englisch und mein Spanisch reichte für eine einfache Unterhaltung, aber nicht zum Erklären von spezifischen Krankheitssymptomen. Danach wurde ich erst mal für eine gefühlte Ewigkeit vor der Tür eines Facharztes geparkt. Ich litt an entsetzlichem Durst und Übelkeit. Mehrmals versuchte ich, einen vorbeieilenden Pfleger auf meine Not aufmerksam zu machen. Dieser erklärte mir jedoch, vor der Untersuchung durch den Arzt dürfe er mir nichts geben. Irgendwann hatte eine junge Ärztin ein Einsehen, schob mich in das Behandlungszimmer und holte den Kollegen. Ich wünschte mich nur noch in ein schönes, sauberes Krankenhausbett, von einer netten

Schwester mit Tee versorgt. Doch nach mehreren Untersuchungen und Infusionen in einer Art Ruheraum sollte ich dann um 4.30 Uhr morgens „entlassen“ werden. Ein sehr netter und hilfsbereiter Pfleger wollte mir ein Taxi rufen. Doch wo sollte ich hin? Ich erzählte ihm, dass ich für den Rest der Nacht keinen Platz zum Schlafen in Santiago hätte. Dazu fühlte ich mich entsetzlich schlapp und kraftlos. Er besprach meine Lage kurz mit der Stationsschwester und beide sorgten dafür, dass ich auf einem Liegesessel des Überwachungsraumes den Rest der Nacht verbringen konnte. Tee gab es keinen, aber er besorgte mir einen Plastikbecher mit nach Chlor riechendem Wasser. Am Morgen brachte er mich dann um 7 Uhr zum Taxistand. So bin ich per Taxi kurz danach vor der Kathedrale eingetroffen.

So hatte ich mir das wirklich nicht ausgemalt! Alleine stand ich vor der imposanten Kathedrale auf dem großen, leeren Platz. Kein innerer Jubel, kein Hochgefühl, nicht einmal Stolz oder Zufriedenheit, soweit gelaufen zu sein. Niemand da, der mir gratulieren oder mich in den Arm nehmen könnte. Keine guten Gefühle, nur völlig erschöpft und deprimiert! Ich deponierte meinen Rucksack vor dem Pilgerbüro und flüchtete in die kleine Santiagokapelle der Kathedrale zur Frühmesse.

Danach bin ich zurück zum Pilgerbüro und habe mir als eine der ersten meine „Compostela“ abgeholt. Die hatte ich mir dennoch verdient!

Müde trottete ich zu dem kleinen Hotel am Rande der Altstadt, in dem ich für die kommenden zwei Nächte ein Pilgerzimmer reserviert hatte. Die junge Frau am Empfang hatte ein Einsehen mit meiner Lage und gab mir gleich ein

Zimmer, damit ich schlafen konnte. Im Lauf des Tages traf dann Friedl ein, der das letzte Stück noch gegangen war. Auch ihm ging es noch schlecht und er sollte noch viele Tage brauchen, um sich wieder ganz zu erholen.

Erst am nächsten Tag bin ich zur Pilgermesse, mit der man offiziell seine Ankunft in Santiago feiert. Eine unglaubliche Menschenmenge füllte die Kirche. Als eine Nonne mit glockenklarer Stimme gemeinsam mit den Besuchern sang und eine Prozession von mindestens 20 Priestern einzog, liefen auch bei mir die Tränen, aber mehr aus Erschöpfung als aus einem Hochgefühl heraus. Die Pilgermesse selbst empfand ich nicht als feierlich oder besinnlich, sondern als Touristenspektakel. Selbst während der gesamten Messe waren Besucher in der Kathedrale auf einem Rundgang unterwegs, ganze Schulklassen schlurfender Teenager, permanente Blitzlichter von Fotoapparaten, halblaut geführte Gespräche, Arme, die Handys in die Höhe streckten, um das Schwingen des großen Weihrauchkessels zu filmen. Fluchtartig verließ ich nach der Messe die Kirche und am nächsten Tag wieder Santiago.

Der Weg war und ist mein Ziel. Nun muss ich noch lernen, anzukommen.

An der Muschel sollt ihr sie erkennen...

...die Pilger, die Santiago de Compostela erreicht haben. Nach der Legende rettete Jakobus einen Ritter, der ins Meer gestürzt war, weil sein Pferd durch den hellen Glanz über dem Boot des Apostels gescheut und ihn abgeworfen hatte. Als er diesen aus dem Wasser zog, war der Ritter über und über mit Kammmuscheln bedeckt. So wurde diese Muschel zum Symbol des Heiligen Jakobus.

Bis ins 13. Jahrhundert hinein war die am Ziel der Pilgerreise erworbene oder am Cap Finisterre selbst gesuchte Jakobsmuschel der Nachweis der Pilgerschaft. Sie diente nicht nur als Werkzeug, zum Wasserschöpfen und zur Erinnerung, sondern sollte den Pilger auch auf der Heimreise und in seinem weiteren Leben beschützen. Der Pilger trug sie am Hutband, am Beutel oder seinem Gürtel und viele ließen sich die Muschel mit ins Grab legen.

Später und bis heute dient die Pilgerurkunde, die in Santiago ausgestellte „Compostela", als Nachweis der Pilgerreise. Die Muschel blieb als Symbol erhalten. Sie findet sich vielfach an den Wegen, an Pilgerdarstellungen, in Kirchen, als Zierobjekt auf Mauern und Hauswänden. Die Jakobswege werden durch das Muschelsymbol und gelbe Pfeile markiert, wobei je nach Region einmal die Strahlen, einmal das Endstück die Richtung weisen. Auf dem Camino Lebaniego ersetzen sporadische rote Pfeile die Markierungen, seltene blaue Pfeile in Galicien dienen nur den Rückläufern zur Orientierung. In manchen Regionen sind die Wege sehr gut markiert. An jeder Kreuzung steht ein Holz- oder Steinpfosten mit dem Muschelsymbol, deutlich sichtbare Pfeile zeigen die Abzweigungen. Manchmal zieren sie verschwenderisch Wege, auf denen man sowieso nur in eine Richtung gehen kann, fehlen beim Erreichen der nächsten Kreuzung dann aber völlig. Oft genug sind sie von Büschen halb zugewuchert, die Witterung hat der gelben Farbe zugesetzt und sie verblassen lassen, so dass man sie leicht übersieht. In Gedanken, eine schöne Aussicht oder ein Gespräch vertieft, wandert man dann gerne mal längere Zeit in die falsche Richtung, bis einem das völlige Fehlen irgendeiner Markierung stutzig macht. Das ist der Beginn der Schnitzeljagd. Fieberhaft wird überlegt, wo und wann einem der letzte Pfeil begegnet ist und die Erinnerung mit der Wegbeschreibung im Handbuch verglichen. Die Vernunft gebietet zurückzugehen. Die nötige Einsicht dafür fehlte mir allerdings mehrmals. Nach dem Motto „Viele Wege führen nach Rom“ war ich überzeugt, dass auch mehrere nach Santiago führen. Dies trifft zweifellos zu – wenn sie auch in aller Regel einige Kilometer länger sind!

Einmal fand ich mich, nachdem ich gerade einen langen Weg von einer Anhöhe herab gewandert war, im Tal an einer Kreuzung ohne jegliche Markierung wieder. Ich kramte in meiner Erinnerung. Den letzten Pfeil hatte ich oben auf dem Berg gesehen. Wie gesagt, die Vernunft und meine Einsicht standen häufig auf Kriegsfuß…und Umdrehen fiel mir immer noch schwer. Also schlug ich in etwa die Richtung ein, in der ich den Camino oben auf dem Pass vermutete. Zu meiner Überraschung fand ich später an einem Haus einen gelben Pfeil, der in meine Richtung zeigte. Stolz, doch die richtige Entscheidung getroffen zu haben, marschierte ich weiter. Doch es sollte die einzige Markierung bleiben, weit und breit lange Zeit kein Mensch, den ich fragen konnte, nur wie verlassen und ausgestorben wirkende Bauernhöfe mit heftig bellenden Hunden. Endlich ein Auto, darin der Postbote der bestätigte, dass ich mich verlaufen hatte und besser umdrehen sollte. Nein, ein Stück mit zurücknehmen wollte er mich nicht, echte Pilger gehen zu Fuß… Die Bewohner des Hauses, den der gelbe Pfeil zierte, waren zwischenzeitlich auch aufgestanden. Nach der Bedeutung der Markierung gefragt, zuckten sie allerdings nur mit den Schultern. Gegenüber zweigte ein schmaler Weg zu einem Gehöft ab. Den Durchgang versperrten zwei giftig bellende kleine Hunde. Ein alter Mann kam in Schlappen aus dem Haus geschlurft. Die im örtlichen Dialekt ohne Zähne genuschelten Antworten auf meine Fragen verstand ich nicht. Also begleitete er mich mühsam in kleinen Schritten ein Stück des Weges. Denn an seinem Haus vorbei führte dieser wieder hinauf zu der Passhöhe und zurück auf den markierten Camino.

Der Beutel des modernen Pilgers ist sein meist viel zu schwer gepackter Rucksack. Diesen ziert heute die Muschel auch schon auf dem Weg nach Santiago, zeigt, dass er Pilger und nicht nur ein Wanderer ist. So eine Muschel wollten wir auch haben, ein Symbol der Zugehörigkeit zur Pilgergemeinschaft. Angeblich sollte es überall am Pilgerweg möglich sein, eine solche zu kaufen. Unserer Erfahrung nach trifft das vielleicht auf den Camino Frances, den Hauptweg, zu. Auf dem Camino del Norte fragten wir zu Beginn vergeblich in Souvenirshops und Touristeninformationen nach, auch in Klöstern und Herbergen blieben wir erfolglos. Erst in Portugalete wurde uns in der Tourist Info nach Vorlage unserer Pilgerausweise eine Jakobsmuschel geschenkt. Der Mitarbeiter kramte sie aus einem Versteck unter seinem Schreibtisch, in dem er den schon arg geschrumpften Bestand vor Tagestouristen gerettet hatte, die diese einfach als Souvenir mitnahmen.

Zu einem späteren Zeitpunkt in einem Urlaub wurden mir in Spanien Tapas in einer Kammmuschel angeboten. Sofort musste ich an meine Tochter denken, die ebenfalls eine Pilgerreise plante und noch keine Muschel hatte. Sorgfältig packte ich also diese in Servietten und ungesehen in meine Handtasche, hinterließ als Ausgleich ein großzügiges Trinkgeld und schenkte sie Samira. Mit einem Augenzwinkern und erhobenem Zeigefinger kommentierte sie diese nicht ganz rechtschaffene Handlungsweise. Doch ich argumentierte, dass die wahre Bestimmung einer Jakobsmuschel darin liege, einen Pilgerrucksack zu zieren und nicht, als Tellerersatz zu dienen.

Seit dieser Pilgerreise hat die Muschel für mich eine besondere Bedeutung. Bis heute macht mein Herz einen Sprung, wenn ich eine Jakobsmuschel sehe und am liebsten würde ich dann sofort wieder meinen Rucksack packen!

Bilder zu *Ankunft in Santiago de Compostela, An der Mus*
sollt ihr sie erkennen und *Abschied am Ende der Welt*
http://www.verlag-waldkirch.de/pics/Jakobsweg6.pdf

0,00 K.M.

Fußballfieber

Ja ich muss gestehen, ich bin ein absoluter Sportmuffel – was die Übertragung desselben im Fernsehen betrifft. Nichts langweilt mich mehr, als anderen beim Spielen und Wettkämpfen zuzusehen. So geht es während meiner Pilgerreise vollkommen an mir vorbei, dass die Fußball-WM stattfindet. Bis ich in Lugo eintreffe. Ich fühle mich angeschlagen und brauche einen Ruhetag. Diesen will ich mir in einer hotelähnlichen Pension gönnen. Ich freue mich auf ein ruhiges Abendessen, ein schönes Glas Wein, vielleicht eine nettes Gespräch. Doch als ich kurz nach 20 Uhr das dazugehörende Restaurant betrete, trifft mich bald der Schlag. Hier geht es zu wie in einer Hexenküche. Der Raum quillt über von gelb-rot gekleideten, bemalten, Fähnchen schwenkenden Menschen. Nun mag es auch in deutschen Kneipen laut und stimmungsvoll zugehen, aber ich bin überzeugt, erwartungsfrohe und gutgelaunte Spanier, die sich über alle Tische hinweg unterhalten, sind an Dezibel kaum zu übertreffen. Der Kellner verschafft mir den einzigen im ganzen Raum noch freien Sitzplatz – genau unter dem überdimensionalen Bildschirm, mit dem Rücken zur Wand, Auge in Auge mit allen anwesenden Spaniern. Irgendwie bin ich dann doch ganz froh, dass deren Mannschaft heute nicht gegen Deutschland antritt. Obwohl ich mir fast den Hals verrenke, will es mir nicht gelingen irgendetwas auf dem Bildschirm über mir zu erkennen. Doch das ist gar nicht nötig. Sobald ein spanischer Fuß den Ball berührt – oder auch wieder verliert – ertönt frenetischer Jubel oder bemitleidenswertes Stöhnen und Jammern. Jeder einzelne Spielzug wird von den anwesenden Experten kommentiert, diskutiert und mit viel „Emoción“ bewertet. Bald überlasse ich die Spanier ihrem Schicksal…

In Negreira, bereits auf dem Weg nach Finisterre, holt mich etliche Tage später der Fußballwahn wieder ein. Es ist Nachmittag, ich sitze in einer Bar bei einem Tee. Auf dem immer vorhandenen Fernsehschirm beginnt bald ein Fußballspiel. Am Rande bekomme ich mit, dass Deutschland gegen Argentinien spielt. Ich habe in meinem ganzen Leben noch kein Spiel bis zum Ende gesehen, habe schon Mühe „Freund und Feind“ auseinanderzuhalten, von Taktik und Abseits keine Ahnung und Probleme, dem Spielverlauf überhaupt zu folgen. Mehr aus Langeweile schaue ich zu. Nach wenigen Minuten schießt die deutsche Mannschaft ein Tor. Wer ist die Frau, die da die Arme hochreißt, einstimmig und lauthals „Tor“ brüllt?? Als einzige Frau und als einzige Deutsche im Lokal war ich in Sekundenbruchteilen zum kleinsten Fanclub der Welt mutiert. Beim zweiten Tor kam ein Spanier auf mich zu, schüttelte mir die Hand und gratulierte. Sein Herz schlage für die deutsche Mannschaft – solange sie nicht gegen Spanien spiele, dass sei klar, erklärt er mir. Nach vier bejubelten Toren und einem Liter Tee mache ich mich auf den Weg zurück zur Herberge….jetzt hätte ich gern ein Fähnchen….

In Finisterre angekommen, ist es dann soweit. Deutschland spielt gegen Spanien um den 3. Platz. Ausländer jeder Nation treffen sich in einer deutschen Bar am Hafen. Die anderen Lokale sind bis zum Bersten rot-gelb gefüllt. Friedl, mein bajuwarischer Pilgerkamerad und Fußballfan hat für uns gute Plätze besorgt. Wenige Minuten nach

Spielbeginn erkläre ich ihm: „Das wird heute nix, die spielen viel zu defensiv!“ Erstaunt nimmt er zur Kenntnis, wie gut ich mich auskenne. Irgendwann bemerke ich: „Heute zeigen sie den eingebildeten Maradona gar nicht!“ Er fällt vor Lachen fast vom Stuhl. Auch wenn ich mit meiner Spielprognose richtig lag, bezweifelt er bis heute meine fußballfachliche Kompetenz.

Abschied am Ende der Welt

Nach zwei Tagen in Santiago bin ich schon wieder unterwegs nach Fisterra. Ich war nicht „richtig“ angekommen. Ich musste die letzten Kilometer fahren, statt sie zu gehen. Und wenn ich ehrlich zu mir selbst bin, war ich auch innerlich noch gar nicht bereit, Santiago zu erreichen, am Ziel zu sein. Wenige Tage zuvor hatte ich erstaunt, beinahe traurig festgestellt, wie nahe Santiago und damit fast das Ende meiner Pilgerzeit schon war. Ich hatte noch so viel freie Tage übrig, meine Beine waren schneller in dieser Stadt angekommen als mein Herz oder mein Kopf. Am liebsten wäre ich einfach immer weitergegangen. Ich fühlte mich so frei, so wunschlos glücklich, einfach zufrieden. Meine Seele lächelte. Am liebsten hätte ich diese Empfindungen konserviert, sie mir für immer erhalten. Wie lange würde ich sie im Alltag nachempfinden, wie lange würde ich mir diese stille Freude und auch diese liebevolle Gelassenheit bewahren können?

Die touristische Umtriebigkeit, die Menschenmenge in Santiago waren mir zuviel. Inmitten dieser fröhlichen, lärmenden Menschen fühlte ich mich verloren, ja beinahe einsam. Wie mit einem ständigen Strom kamen neue Touristen an, trafen Pilger in der Altstadt ein. Um mich herum immer wieder Szenen freudigen Wiedersehens. Die wenigen Pilgerfreunde, die mir etwas bedeutet hätten, waren vor mir in Santiago eingetroffen und bereits weitergezogen. Noch war ich in meinem selbstgewählten Alleinsein verfangen. Von der Leichtigkeit, der Oberflächlichkeit des touristischen Besuchers, auch von dem gemeinschaftlichen Erleben und den Erzählungen anderer Pilger fühlte ich mich unendlich weit entfernt und ausgeschlossen. Inmitten dieses Trubels fühlte sich das Alleinsein wie Einsamkeit an. Ich wollte nur noch weg. Hier und jetzt konnte ich noch keinen Schlusspunkt meiner Reise setzen. Die Freiheit und Unabhängigkeit, die ich erfahren hatte, wollte ich noch nicht aufgeben. Aber ich brauchte auch Zeit, um wieder zu einem Alltag mit anderen Menschen zurückzufinden

Ich mache mich auf, um noch einmal einen eigenen Weg zu gehen, wandere Richtung Fisterra, dem „Ende der Welt" entgegen.

In Negreira lerne ich Antoine kennen. Er ist ein „berühmter" Pilger, der bereits seit 10 Jahren mehr als 97000 Kilometer gepilgert ist und schon Audienzen beim Papst und beim Dalai Lama hatte. Bei einem Schiffsunglück schwor er, eine Pilgerreise zu unternehmen, falls er es überstehen sollte. Er überlebte als Einziger. Nach einigen Monaten verließ er Frau und Kinder, um seinen Schwur einzulösen. Stolz zeigt er mir seine Fotoalben mit Bildern und Zeitungsausschnitten von Berichten über seine Rettung und die Pilgerreisen. Wenn er einmal zwischendrin zu Hause war, zog es ihn bald wieder fort. Er wirkt nicht mehr wie ein Pilger auf mich, eher wie ein ruheloser Landfahrer, ein Getriebener, der alles zurückgelassen und vielleicht auch vieles verloren hat. Seine Geschichte macht mich nachdenklich. Er hat wohl den Zeitpunkt verpasst, einmal wieder zu Hause anzukommen.

Von Friedl trenne ich mich nach Olveiroa. Er ist nach der Lebensmittelvergiftung immer noch nicht wieder gesundet und geht direkt nach Fisterra. Ich wähle die Route über

Muxia, möchte dort das „Heiligtum von Muxia", die direkt am Felsenstrand gebaute Kirche besuchen. Dort empfängt mich ein sehr heftiger, warmer Wind, dem ich mich entgegenstemmen muss. Er bläst mir ins Gesicht oder treibt mich vor sich her, Staub und Sand verstopfen meine Nase, bringen meine Augen zum Tränen. Die Herberge ist kalt und sachlich, das einzige Interesse des Hospitaleros gilt der inquisitorischen Frage und dem Nachweis, dass ich zu Fuß gekommen und nicht etwa mit dem Bus angereist bin. Schließlich habe ich nur dann „Anspruch" auf die farbenprächtige Compostela, die hier ausgestellt wird. Ich fühle mich hier nicht wohl, der Wind macht mich verrückt, selbst er will mich hier nicht haben, versucht mich fortzublasen. Bereits in der ersten Morgendämmerung mache ich mich auf den Weg zur Kirche. Der Wind hat abgekühlt, ist aber nicht abgeflaut und immer noch nicht mein Freund. Ich kämpfe mich zur Kirche, die frei am felsigen Strand steht. In ihrem Windschatten treffe ich zwei Frauen, die dort im Freien übernachtet haben, ganz fasziniert von dem Kraftfeld, das sie hier spüren. Auch ich spüre diese Energie, aber mich treibt sie fort, auf mich wirkt sie verstörend und negativ. Ich will nur noch weg und weiß wieder einmal nicht, welche innere Stimme mich hierhergeführt hat. Doch diese Stadt umklammert mich. Wie durch ein Labyrinth irre ich durch die Straßen. Es dauert dann fast zwei Stunden, bis ich am Stadtrand wieder auf den richtigen Weg Richtung Lires treffe und dem Wind entkomme. Rechts von mir rauscht das Meer, brechen kräftige, windgepeitschte Wellen an einen langgezogenen Strand. Er ist menschenleer, unbebaut, romantisch schön. Wie ein Magnet zieht er mich an und ich suche einen Zugang zu dieser Traumkulisse, kämpfe mich durch Strandhafer, weiche stachligen, lilablühenden Disteln aus, stapfe mühsam durch feinen Sand. Zum ersten Mal während meiner ganzen Pilgerzeit ziehe ich tagsüber während einer Etappe die Wanderschuhe aus, kremple die Hosenbeine hoch und laufe ins Wasser, den kilometerlangen Strand entlang. Die Gischt spritzt, unerwartet hohe Wellen reißen mich fast von den Beinen, meine Hose ist nass bis zum Hintern. Ich könnte platzen vor Glück. Ich habe ihn gefunden, meinen ganz eigenen, persönlichen Kraftort, das Ziel meiner inneren Stimme.

Seit gestern bin ich in Finisterre. Ich bin angekommen.

Zwei Tage, die ich nochmals allein gelaufen bin. Wenige Pilger sind mir begegnet. Eine Zeit, die ich sehr bewusst als Ausklang erlebt habe und die sich wie wandern und nicht mehr wie pilgern angefühlt hat.

Es war gut, bis hierher gegangen zu sein. Hier kann ich meinen Schlusspunkt setzen. So habe ich mehrere Tage Abschied genommen vom Pilgerleben.

In der Altstadt sammeln sich die Pilger, mischen sich unter die Gestrandeten und Aussteiger aus aller Welt. Irgendwie hat der Charme des Fischerortes diesen Ansturm unbeschadet überstanden, dieser Schmelztiegel wirkt ein bisschen wie eine altgewordene Hippiekommune und ich halte nach tanzenden Blumenmädchen Ausschau. Hier komme ich an, hier finde ich Ruhe. Heute sind Friedl und ich zum Leuchtturm am „Ende der Welt“ hochgelaufen, zum Kilometerstein 0,000. Wir sitzen auf einem großen Felsen und schauen aufs Meer. Zufrieden und glücklich.

Der Brauch will es eigentlich, dass wir hier auf den Sonnenuntergang warten und dann unsere Schuhe oder ein nicht mehr tragbares Kleidungsstück verbrennen. Doch jedes Teil trägt nun so viele Erinnerungen an diese Pilgerreise in sich, dass ich mich nicht dazu entschließen kann. Den Sonnenuntergang beobachten wir lieber von einem inoffiziellen „wilden" Strand aus, der ganz in der Nähe unserer Pension liegt. Hier sind einige wenige Pilger, die im Sand lagern oder auf den Stegen über den Dünen warten. Hier kann ich meinen Gedanken nachhängen, mich an die Wochen und Tage erinnern, die nun hinter mir liegen. Allmählich verfliegt die Wehmut über das Ende dieser Reise. Ich bin zufrieden, glücklich und stolz.

Ich bin angekommen.

Nun kann ich leichten Herzens und ohne Bedauern wieder gehen. Der Sonnenuntergang soll nur der Abschluss dieser Pilgerfahrt sein. Morgens erleben wir einen herrlichen Sonnenaufgang. Für mich nicht nur der Beginn eines neuen Tages, sondern auch ein Symbol eines Anfangs, einer neuen Zeit. Ich bin gespannt auf dieses Leben, das noch vor mir liegt. Ich freue mich auf zuhause, werde auch dort ankommen…bis es mich wieder auf den Weg ruft.

Wenn Schwaben pilgern...

Nun, ich bin eine halbe Schwäbin von Geburt an und bei geschäftlichen Verhandlungen verweise ich gerne auf meinen genetischen Defekt, der leider keinen großen Spielraum für Rabatte und Preisnachlässe ermöglicht. Von meinem Vater stammt die Sparsamkeit, von meiner Mutter dagegen das Verhandlungsgeschick. Vermutlich war es meinen Kindern immer genauso peinlich wie mir mit meiner Mutter, wenn ich sie bei Einkäufen begleitete, bei denen sie das Objekt der Begierde mit Argusaugen nach kleinen Fehlern absuchte und dann wie ein Pferdehändler mit Feilschen begann. Doch anscheinend habe ich dabei auch einiges gelernt. Aber ich bin keineswegs geizig, schenke gerne und auch großzügig, spare eher an meinen Wünschen als an denen meiner Lieben. Nur Verschwendung und unnötige Ausgaben sind mir ein Dorn im Auge.

So erschien es mir bei den Vorbereitungen für die Pilgerreise nicht notwendig, einen speziellen Tourenrucksack anzuschaffen, lagerten doch von unseren Urlauben als Backpacker noch einige auf dem Speicher. Doch diese erwiesen sich beim Packen als zu groß oder schon vom Eigengewicht her als zu schwer. Ganz hinten in der Ecke fand sich dann noch ein Rucksack, den ich vor 30 Jahren einmal für eine mehrtägige Bergtour angeschafft hatte. Es fehlten ihm wohl praktische Außentaschen, die heute übliche Verstärkung im Rücken und eine Halterung für die Trinkflaschen, aber er hatte einen stabilen Lederboden und immerhin schon gepolsterte Gurte. Ungläubig sah Felicia zu, als ich diese antiquarische Rarität probepackte. Ich bin ihr noch heute dankbar, dass sie mir stattdessen ein moderneres Pendant leihweise von ihrem Freund besorgte. Dieser sponserte dann noch die dazu passende Bauchtasche. Der gute Rat in meinem Pilgerführer, möglichst nichts Überflüssiges mitzunehmen, kam meiner schwäbischen Sparsamkeit durchaus entgegen. Auch war ich gespannt, worauf zu verzichten mir leicht- oder schwerfallen würde. Nach einigen Wochen trennte ich mich aber vom darin empfohlenen halben Seifenstück, das zur Reinigung von Körper, Haaren und Kleidung dienen sollte. Schon beim Ausprobieren zuhause hatte sich gezeigt, dass die ökologisch korrekte, naturbelassene Lavendelölseife die Haare so verkleisterte, dass ich mehrfach mit Shampoo nachwaschen musste, um die Seifenreste zu entfernen. Die für unterwegs in einer Plastiktüte eingepackte Seife hatte keine Gelegenheit zu trocknen, war glitschig und zwischenzeitlich komplett aufgeweicht. Von nun an seifte ich mich mit dem Schaum ein, der beim Haarewaschen entstand und besorgte mir Waschmittel in der Tube für die Kleidung.

Zu optimistisch war ich bei der eingepackten, leichten Regenjacke gewesen. Diese Plastikhaut hielt genau so lange dem Regen stand, bis ich eh von innen nass geschwitzt war. So wichtig wie eine vernünftige Regenjacke erwies sich allerdings auch ein großer Regenponcho. Ansonsten rinnt bei stärkerem Regen das Wasser zwischen Rücken und Rucksack hinab und dringt von hinten ins Gepäck.

Die empfohlenen Sportschuhe, als Alternative bei Blasen oder zur Abwechslung von den Wanderschuhen bei weniger anspruchsvollen Wegen, würde ich heute nicht mehr mitnehmen. Wir haben einmal zu Anfang die Wanderschuhe eingepackt, diese beschwerten den Rucksack durch ihr hohes Eigengewicht so deutlich, dass wir bald wieder tauschten. Eher würde ich zusätzlich Wandersandalen oder ein paar leichte Sneakers mitnehmen. Genauso verzichtbar sind spezielle Trinkflaschen aus Aluminium. Wenn die Halterungen am Rucksack genügend Platz bieten, reichen die großen Wasserflaschen aus Plastik, die man eh einkaufen muss. Als gute Investition erwiesen sich die speziellen, schnelltrocknenden Kleidungsstücke und das leichte, besonders klein zu packende Microfaserhandtuch. Während der Regentage waren diese Blusen und die Hose das Einzige, was über Nacht nahezu trocken wurde. Da ich ursprünglich geplant hatte, auch im Zelt zu übernachten und es in den Bergen auch in den Sommermonaten nachts noch empfindlich kalt werden kann, hatte ich einen relativ dicken und dadurch auch schweren Schlafsack dabei. Heute würde ich nur noch einen leichten Baumwollschlafsack mitnehmen, in den meisten Herbergen kann man bei Bedarf zusätzliche Wolldecken bekommen und in den Pensionen braucht man ihn sowieso nicht.

Von meinen Kindern lieh ich mir die kleinen Kreuze, die sie bei ihrer Erstkommunion bekommen hatten, von meinem Mann den Ohrring, den er anstelle eines Eheringes trägt. Die Wanderstöcke gehörten eigentlich meinem Schwiegervater, die Schwiegermutter spendete einen Schutzengel, der mich seither auf meinen Touren begleitet. Als meine Freundin sich in Santander von mir verabschiedete, überließ sie mir nicht nur ihren aktuelleren Pilgerführer, einen angenehmeren, weichen Gürtel und ein Paar

Wanderstrümpfe, sondern auch ihre Kreditkarte für die restliche Zeit.

Friedl amüsierte sich köstlich über dieses geliehene Sammelsurium und wollte wissen, ob ich denn zumindest eigene Unterwäsche dabei hätte.

Dass auch die Spanier von einer Schwäbin noch etwas lernen können, erlebte er dann bei unserem letzten gemeinsamen Abendessen in Fisterra. Dort war ich am Abend zuvor allein in einem guten Fischrestaurant am Hafen. Zum Tagesmenü gehörte Wein dazu. Der servierte Weißwein schmeckte aber entsetzlich für einen vom Pfälzer Wein verwöhnten Gaumen. Auf meine Nachfrage erklärte mir der Wirt, er habe durchaus besseren, aber natürlich nicht als Tischwein und nur flaschenweise. Der Wein, den er mir dann brachte, kostete zusätzlich so viel wie das ganze Menü. Der Wein war gut, das Essen lecker, die Flasche aber nach dessen Ende nur zur Hälfte geleert. Vermutlich erinnert er sich der Wirt bis heute an die Deutsche, die von ihm verlangte, die angebrochene Flasche gekühlt bis zum morgigen Abendessen aufzubewahren. Auch wenn er sich darüber gewundert haben mochte, tat er doch wie geheißen, und wir feierten mit diesem Wein unseren letzten gemeinsamen Abend am Ende der Welt.

Was bleibt…

…ist die Erinnerung an eine unglaublich intensive Zeit. Erinnerungen an Augenblicke, Bilder, Eindrücke und Empfindungen die täglich, wirklich täglich, wie Blitzlichter in mir aufflackern. Unabhängig vom ganz persönlichen Glück und der Zufriedenheit, die ich in meiner Familie und meinem Beruf gefunden habe, war dieser Weg das Beste, was mir je wiederfahren ist.

Ich bin oft gefragt worden, warum ich diesen Pilgerweg gehen möchte. Um bei der Wahrheit zu bleiben – am Anfang wusste ich das nicht wirklich. Irgendwann war mir diese Idee – durch welchen Auslöser auch immer – in den Sinn gekommen. Der Gedanke nahm immer mehr Gestalt an. Einmal in meinem Leben etwas nur für mich tun, Zeit haben und diese auch noch frei einteilen zu können. Einmal im Leben etwas alleine wagen, ohne sich auf den Rückhalt der Familie verlassen zu können. Den Kopf freibekommen, nur für mich selbst und meine Entscheidungen Verantwortung tragen, keine Kompromisse eingehen, keine Rücksichten nehmen zu müssen auf die Bedürfnisse anderer…natürlich auch eine große Portion Abenteuerlust und die Frage, was ich mir zutrauen konnte, körperliche und mentale Grenzen austesten. Schließlich hatte ich mich dafür entschieden, nicht den bekannten, touristisch sehr erschlossenen französischen Weg zu nehmen, sondern die weniger frequentierten Wege an der Küste und über den ältesten bekannten, aber auch anspruchsvollsten Camino Primitivo zu gehen. Ich suchte ganz bewusst die Einsamkeit und die körperliche Herausforderung. Der Zeitraum schien optimal. Die Kinder nahezu erwachsen, die Partnerschaft gefestigt, die Eltern noch fit, beruflich ließ es sich einrichten. Wenn nicht jetzt, wann dann? Ich begann Spanisch zu lernen. Schon immer versuchte ich mich den Menschen in einem anderen Land zu nähern, indem ich zumindest die Grundlagen ihrer Sprache erlernte – meine Art, Respekt zu zeigen.

Irgendwann war aus der Idee ein Herzenswunsch geworden, den mein Mann und meine Töchter respektierten und akzeptierten. Die meisten Verwandten und Freunde standen diesem Vorhaben jedoch eher skeptisch bis ablehnend gegenüber. Häufig wurde ich gefragt, wie ich meine Familie so lange allein lassen könne, es wurde an meine Verantwortung und an mein Pflichtbewusstsein appelliert. Ich habe mich nie über meinen Mann oder meine Familie definiert, habe mich nie nur als Ehefrau oder Mutter gesehen, sondern immer auch als eigenständige Person. Im Lauf des Lebens jedoch, eingebunden in Partnerschaft und Familienalltag, geht viel Selbstwahrnehmung verloren. Gegenseitiger Respekt ist für mich die Grundlage jeglicher Beziehung und dazu gehört, sein Gegenüber als Persönlichkeit mit eigenen Wünschen und Bedürfnissen, einem eigenen Lebensraum wahrzunehmen. Beziehungen sind immer nur Schnittstellen im Leben zweier Menschen, sind immer nur Überschneidungen zweier Lebensräume. Aus und in diesem Spannungsfeld lebt eine Beziehung. Wenn einer versucht im anderen aufzugehen, verliert man sich selbst und die Beziehung stirbt.

Ich erzählte auf entsprechende Nachfragen, dass ich mit bald 50 Jahren an einem Punkt in meinem Leben sei, an dem es sinnvoll wäre, einmal innezuhalten. Zurückblicken auf das Gewesene und überlegen, wohin mich mein Lebensweg führen mochte. Keineswegs der Gedanke, an einer Kreuzung zu stehen und Entscheidungen treffen zu müssen. Einfach einmal innehalten. Die Vorstellung, dass die Organisation meines Tagesablaufes sich auf wenige Grundbedürfnisse reduzieren würde, auf die Frage der Verpflegung, des Weges und einer Schlafmöglichkeit, war sehr verlockend. Auch die Sehnsucht nach spirituellen Erfahrungen spielte eine Rolle, und irgendwann war ein starkes inneres Gefühl da, vom Weg gerufen zu werden. Der Camino de Santiago war mein Geschenk an mich zu meinem 50. Geburtstag.

Noch immer spüre ich den Frieden, den ich in diesen Wochen meiner Pilgerreise gefunden habe. Die Erfahrungen und Erlebnisse wirken bis heute nach. Wie ein Samenkorn, das zu wachsen und reifen beginnt, waren sie der Keim für allmähliche Veränderungen in meinem Wesen und meinen Ansichten. Ich übe mich in Nachsicht, mir selbst und meinen Mitmenschen gegenüber. Alltägliche und berufliche Herausforderungen betrachte ich mit innerer Distanz, freue mich, wenn mir Dinge gelingen ohne meinen Hang zum Perfektionismus auf die Spitze zu treiben. Ich akzeptiere Gegebenheiten, die ich nicht ändern kann, ich akzeptiere, dass ich Menschen nicht ändern kann. Nur mein eigenes Verhalten kann ich ändern oder einen neuen Weg für mich suchen. Ich kämpfe nicht mehr gegen Windmühlen, versuche keine Energie, keine wertvolle Lebenszeit zu vergeuden. Heute bin ich voll Zuversicht, nein ich weiß, dass sich immer neue Wege oder Möglichkeiten ergeben, es geht immer wieder irgendwo eine Tür auf, wenn eine andere zugefallen ist. So wie auf dem Camino jeder Tag ein gutes Ende hatte, vertraue ich noch heute darauf, dass mein innerer Kompass mich in die richtige Richtung führt. Ich weiß, dass die Menschen, die ich liebe, eigene Lebenswege gehen müssen, dass ich sie diese auch gehen lassen muss, auch wenn meine Wünsche für ihr Leben manchmal nicht mit ihren eigenen übereinstimmen. Ich bin dankbar, dass sich unsere Wege oft berühren, in Sichtweite nebeneinander laufen, sich manchmal kreuzen.

Die innere Kraft, die aus der körperlichen Anstrengung gewachsen ist, das Bewusstwerden der eigenen Stärken, die innere Gelassenheit, die sich durch stunden-, tage-, wochenlanges beständiges Gehen übt, konnte ich mir bis heute weitgehend bewahren. Ähnlich wie man nach der Geburt eines Kindes die Schmerzen bald vergisst, ist auch die Mühsal des Weges bald unwichtig. Schweiß, Blasen, Müdigkeit, Entbehrung, sogar Tränen gehören dazu. Die immer noch intensive Erinnerung an die Freiheit und den inneren Gleichklang dieser Zeit lässt Wehmut und Sehnsucht wachsen. Das Bedürfnis danach wird zur Gewissheit. Ich werde zurückkehren auf den Weg. Nicht auf diesen, auch wenn die Versuchung groß ist, vertraute Schritte wiederzugehen, Straßen, Plätze und vielleicht sogar Menschen wiederzufinden. Ich möchte nicht, dass neue Erfahrungen die jetzigen überlagern und sich die Erinnerungen vermischen. Diese Zeit, diese Empfindungen und Erlebnisse sollen in meinem Gedächtnis unverfälscht bleiben. Sie lassen sich so nicht wiederholen. Es gibt neue Wege, die mich rufen. Eins ist mir ganz gewiss. Schon heute treibt mir die sehnsüchtige Wehmut die Tränen in die Augen. Es gibt für alles eine Zeit. Es wird eine neue Zeit und einen neuen Weg geben.

Nada trajimos y nada nos llevamos
Solo las vivencias que disfrutamos
Ca dificil asumir que no estas
Pero muy bonito ver
cuantos te quieren y no te olvidan
Siempre contigo
Siempre en nosotros

Inschrift auf einer Tafel in einer Schlucht nach St. Esteban, abseits des Pilgerwegs

Etwa:
Wir haben nichts mitgebracht
Und wir nehmen nichts mit, nur unsere schönen Erlebnisse.
So schwer zu akzeptieren, dass du nicht da bist,
Aber schön zu sehen
Wie viele dich lieben und dich nicht vergessen.
Immer mit dir.
Immer bei uns.

YO SOY EL CAMINO

Stationen Irun-Santiago-Finisterre 2010

Von Irun bis Santander (mit Iris)

Irun-Pasaia	ca. 22 km	*Baskenland*
San Sebastian	10 km	
Orio	13 km	
Zumaia	17,5 km	
Deba	12 km	
Markina-Xemein	23,5 km	
Cenarruza	7 km	
(Gernika) Anhöhe v. Morga	30 km	
(Larrabetzu) Bilbao	13 km+Bus	
Portugalete	13 km	
Castro Urdiales	27,5 km	
El Pontarron di Guriezo	11 km	
Laredo	20 km	
Noja	13 km	
Güemes	15,5 km	
Santander	15,5 km	

Von Santander bis Fisterra (allein)

Santander-Boo de Pielagos	14 km	
Santillana del Mar	24 km	
Cobreces	13 km	
San Vicente de la Barquera	26 km	
Camino de Lebaniego		
La Fuente	27 km	
Potes	35 km	
St.Toribio	3 km	
Zurück per Bus bis		
Unquera- Llanes	29 km	*Asturien*
Nueva	18,5 km	
San Esteban	18,5 km	
Sebrayo	30 km	
Camino Primitivo		
Valdedios	16 km	
Pola di Siero	16,5 km	
Oviedo	18 km davon ca. 5 km Bus	
Grado	25,5 km	
Salas	26 km	
Tineo	20 km	
Campiello	13 km	
Berducedo	28 km	
Grandas de Salime	20 km	

Fonsagrada/Padron	26 km	*Galicien*
Cadavo-Baleira	27 km	
Lugo	31 km	
Friol	30 km	
Sobrado de Monxes	26,5 km	
Arzua	23 km	
Amenal	24 km	
Santiago de Compostela	17 km / Krankenwagen	
Negreira	22 km	
Olveiroa	34,5 km	
Muxia	30 km	
Lires	17 km	
Fisterra	14 km	
	1006,5 km	

Kleines Wörterbuch

Agua	Wasser
A la derecha…	nach rechts…
Alpinistas	Bergsteiger (Plural)
Bocadillo	Brötchen
Buena (Abk.v. Buenos Dias)	Guten Tag
¡Buen Camino!	„Guter Weg“ – Pilgergruß
Caballero	Ritter, hier: Reiter
Camino	Weg, Pilgerweg
Centro del médico/ Centro de salud	Gesundheitszentrum
Compostela	Pilgerurkunde
Credencial de peregrino	Pilgerausweis
Donativo	Geldspende
Emoción	Leidenschaft
Gracias, muchas gracias	Danke, vielen Dank
Hombre	Mann
Hospitalero/-a	Herbergsvater/ Herbergsmutter
La misa	(katholische) Messe
Más o menos…	mehr oder weniger
Media hora	halbe Stunde
Menú del dia	Tagesmenü
Mochila	Rucksack

Sello	Stempel – für den Pilgerausweis
Señora	Dame
Tabaceria	Tabakladen
Tapas	leckere kleine Happen
Tortilla	Omelett
Un beso para una alemana simpática	Ein Kuss für eine sympathische Deutsche
Vale, vale…	in Ordnung, ok…
¿Viaje sola?	Gehen Sie alleine?
Yo soy el camino	„Ich bin der Weg“

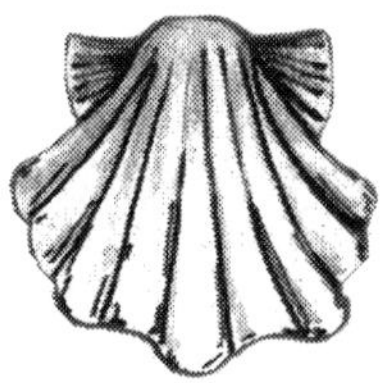

Ebenfalls im Verlag Waldkirch erschienen:

Die Welt der Mannheimer Klaus
Lehrhaus und Synagoge in drei Jahrhunderten

Herausgeber: Volker Keller

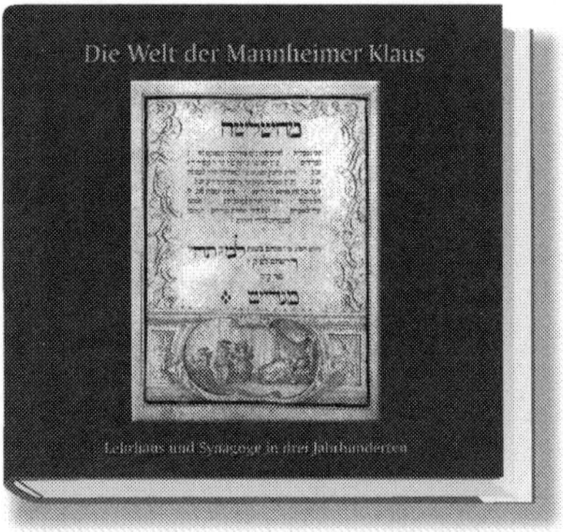

Ein wundervolles Buch für alle an der jüdischen Geschichte Interessierten

Im Herzen der Innenstadt gelegen, war die Klaussynagoge seit dem frühen 18. Jahrhundert eine Stätte jüdischer Gelehrsamkeit, Religiosität und Tradition. Nach dem Willen des Hofjuden Lemle Moses Reinganum sollten Lehrhaus und Synagoge dem Lob des Ewigen und dem Seelenheil des Stifters dienen, „so lang die Welt stehet".

Die Klaus entwickelte sich im 19. Jahrhundert zum Zentrum der jüdischen Orthodoxie. 230 Jahre nach ihrer Gründung wurde die Klaus zum Zufluchtsort der bedrängten und verfolgten jüdischen Gemeinde. Sie blieb bis zur Deportation der Mannheimer Juden im Jahr 1940 der letzte Ort jüdischen Lebens in der Stadt. Außer einer Gedenktafel finden sich von ihr keine Spuren mehr. Selbst die Adresse F 1, 11 ist verschwunden.

Die Erinnerungen von Menschen, denen die Klaus geistige Heimat war, sind in dieser Anthologie zusammengefasst. Beiträge namhafter Autoren bieten einen historischen Überblick über diese Einrichtung, die zu den ältesten ihrer Art in Deutschland zählt. Das Gedenkbuch zeugt von der Schönheit und vom brutalen Ende einer untergegangen Welt.

ISBN 978-3-86476-016-7
192 Seiten, 22,80 Euro
www.verlag-waldkirch.de